KB261227

은빛낚시

은빛낚시

이순원 산문집

이룸

옛날에 열세 살에 결혼한 어린 신랑이 있었다. 집안이 가난한데다 아버지마저 병들어 누워 일찍 살림을 맡아야 했기 때문이다. 논밭은 없고 오래전에 나무를 베어낸 선산 하나가 남은 재산의 전부였다.

당장 아침을 먹고 난 다음 저녁 끼니가 없는 가운데서도 어린 신랑은 밤 닷 말을 구해 선산에 심었다. 동네 사람들 모두 어린 신랑의 무모함을 비웃었지만 후일 그 밤나무 숲은 동네에서 가장 큰 부잣집의 일 년 농사보다 더 큰 수확을 올렸다. 그때의 어린 신랑이 아들을 낳고, 그 아들이 어른이 되어서 다시 아들을 낳았다. 어린 신랑은 할아버지가 되어 손자들에게 이렇게 말했다.

"그것은 아무리 배가 고파도 밤 한 톨을 화로에 묻는 것

과 땅에 묻는 것의 차이란다. 화로에 묻으면 당장 어느 한 사람의 입이 즐겁고 말지만, 땅에 묻으면 거기에서 일 년 열두 달 화로에 묻을 밤이 나오는 게야."

내 인생의 가장 큰 스승이신 할아버지는 밤나무 말고도 참으로 많은 나무를 심었다. 집 주위 빈 터에 봄마다 앵두, 매화, 살구, 복숭아, 자두, 포도, 사과, 배, 대추, 호두, 감, 모과, 석류나무를 심고 또 접을 붙였다. 집안에 필요한 '문쪼(한지)' 까지 밭둑에 닥나무를 심어 인근에 있는 문쪼공장의 창호지와 바꾸어 썼다.

어린 시절 나는 할아버지를 통해 세상을 배웠다. 우리 집안의 역사에 대해서도 세상을 살아가며 우리가 지켜야 할 염치와 덕목과 지혜에 대해서도 할아버지로부터 교육받았다. 그 다음 아버지, 어머니와 형제들이 있었고, 학교 선생님과 친구들이 있었다.

대관령 아래 산골 마을에서 태어나 어느 해 단옷날 강릉 시내 구경을 한 다음 비로소 이 세상이 할아버지가 심은 밤나무 숲보다 훨씬 넓다는 것을 알게 되었다. 그러나 어른이 된 다음 접하게 된 보다 더 넓고 복잡한 세상도 내 어린 시절의 요람과도 같았던 그 나무들 아래의 세상보다 크지 않았다.

여기에 묶은 손바닥보다 작은 이야기들은 그런 산골 소년이 그 시절의 은빛 낚시로 건져 올린 옛 추억들과 또 이제까지 살아온 길 위에서 보고 들은 이야기를 모은 것이다. 나로서는 책머리에 '산문집'이라는 이름을 붙이는 것조차 썩 내키지 않을 만큼 한 편 한 편을 짧은 소설처럼 이 글을 썼다.

다만 바라거니, 내 안에서 처음 추억될 때 따뜻했던 것처럼 누군가의 가슴에도 이 짧은 이야기들이 따뜻하게 다가가 그를 나의 이야기가 아닌 그의 이야기로 함께 추억하게 했으면 좋겠다. 자, 이제 떠나라. 내 길 위의 이야기들.

2005년 새 봄
이순원

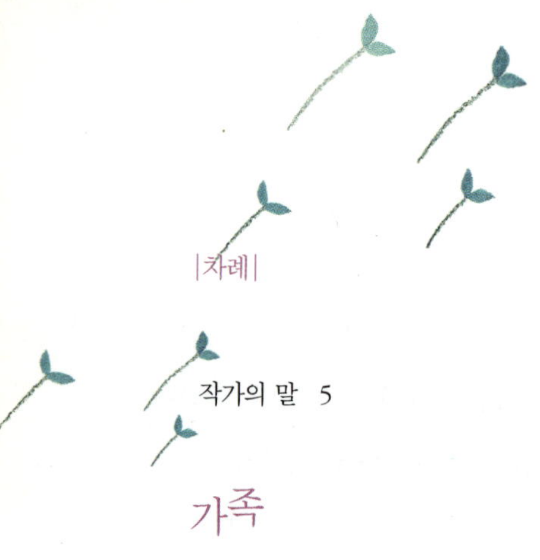

추억

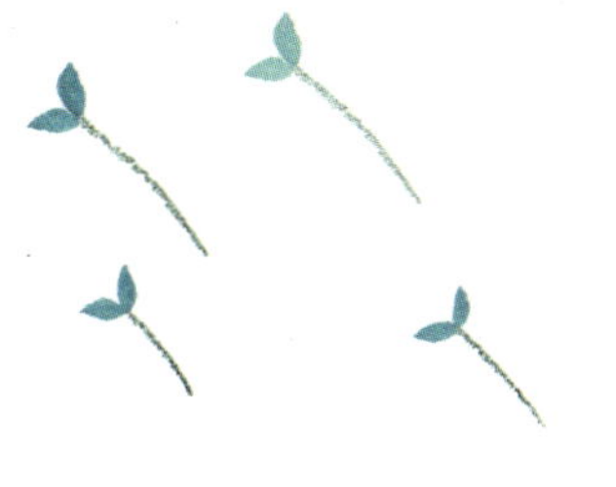

이웃

세상

가족

어머니의 이슬털이

중학교 때 나는 학교를 다니는 게 싫었다. 어린 아들이 그러니 어머니도 한숨이 나왔을 것이다. 우선 집이 너무 멀었다. "그래도 학교는 가야지. 에미가 신작로까지 데려다주마."

그날도 마지못해 가방을 들고 나서자 어머니는 얼른 내 가방을 받아 들고 나보다 앞서 집을 나섰다. 신작로로 가는 산길에 이르러 어머니는 다시 내게 가방을 내주고 거기에서부터 두 발과 지게 작대기를 이용해 내가 가야 할 산길의 이슬을 털어내기 시작했다.

그런다고 내 옷이 안 젖는 것도 아니었다. 어머니의 옷도 그 뒤를 따라가는 내 옷도 흠뻑 젖었다. 산길을 다 넘은 다음 어머니는 품속에 넣어온 새 신발을 내게 갈아 신겼다.

"앞으로는 매일 털어주마. 그러니 이 길로 곧장 학교로 가거라. 다른 데로 가지 말고."

왠지 눈물이 날 것 같았지만 울지는 않았다.

지금도 나는 그렇게 생각한다. 그때 어머니가 이슬을 털어주신 길을 걸어 지금 내가 여기까지 왔다고. 돌아보면 어머니는 내가 살아온 길 고비마다 이슬털이를 해주셨다. 아마 그렇게 털어주신 이슬만 모아도 작은 강 하나를 이루지 않을까 싶다.

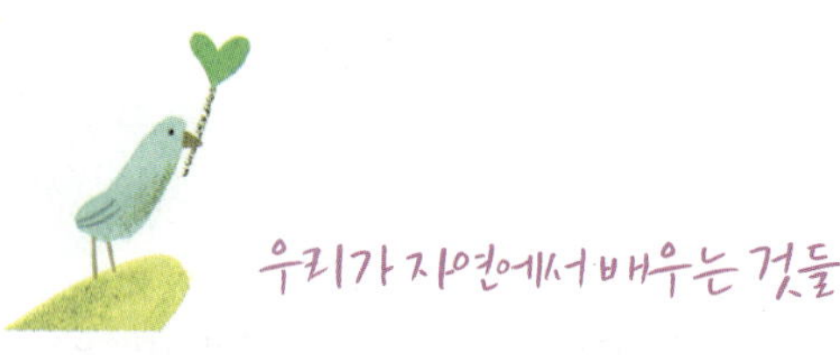

작은아이가 변비로 고생하던 때 여름방학이 되어 시골 할아버지 집에 다녀왔다. 큰아이가 방학숙제로 찍은 곤충 사진 속에 소 사진이 여러 장 들어 있었다. 하나같이 소 엉덩이를 찍은 사진들로 유치원에 다니는 작은아이가 형 몰래 카메라를 들고 셔터를 누른 것이었다.

"소가 응가 하는 걸 배우려구요. 처음엔 똥구멍이 콩알만 했는데요, 오물오물하더니 사과만큼 커졌는데요, 금방 똥을 누고는요, 또 오물오물 금방 콩알만 해졌어요. 그래서 나도 응가 빨리 하는 걸 배우려구요."

그 사진을 큰아이가 화장실에 붙여주었다. 얼마 지나지 않아 작은아이의 변비는 거짓말처럼 고쳐졌다. 어쩌면 아이들의 직관이라는 것이 바로 그런 것인지도 모른다. 어른들이 자연에서 배우는 건 기껏해야 몇 가지 지식과 원리 정도이지만, 아이들은 그걸 곧바로 자기 몸 안의 한 부분으로 일치시켜 버린다. 소는 똥을 잘 눈다, 그러면 나도 소한테 응가 하는 걸 배워야겠다, 그런 생각을 하는 순간 이미 그걸 몸으로 배워버리는 것이다. 우리도 그렇게 커왔으면서 뒤늦게 그걸 신기하게 여길 뿐이다.

아버지의 은수저

예전엔 집에서 백숙을 하면, 그렇게 푹 삶고 찐 닭 속의 똥집은 으레 아빠의 몫이었다. 그러나 언제부턴가 그것이 반으로 나뉘어 큰아들과 작은아들 국그릇으로 들어간다. 닭은 왜 다리가 두 개밖에 없는 것일까. 남자 나이 사십 후반이 되면 꼭 소외감 때문만은 아니게 그런 쓸데없는 생각도 식탁에서 하게 된다.

거기에다 '옷의 이동'은 또 어떠한가. 아빠 옷장의 좀 괜찮은 옷들이 쥐도 새도 모르게 하나씩 아들의 옷장으로 이동한다. 나이 사십 후반이 되면 남자는 그렇게 알게 모르게 조금씩 '헐벗는 아버지'가 되어간다. 그러면서도 아들의 뒷모습에 흐뭇해한다.

  그래도 끝까지 아버지 앞을 지키는 물건 두 가지가 있다. 하나는 열심히 일을 해서 가족을 먹여 살려야 하는 업무가방이고, 또 하나는 이제는 똥집도 넘볼 수 없는 국그릇 옆을 지키고 있는 은수저이다. 식탁에서 보면 식구들 가운데 혼자서만 쓰는 은수저라 하얗게 빛나는 게 제법 근엄해 보이기도 하고 권위 있어 보이기도 하지만, 사실은 무거워서 누구도 탐탁지 않게 여기는 물건이다. 그 은수저의 허울 좋은 근엄함이 꼭 우리 시대 아버지의 모습을 닮았다.

함께 오래 길을 걷는 친구

아침 여덟 시만 되면 어김없이 우리 집 초인종을 누르는 아이가 있다. 내 아들의 친구 석형이다. 매일 아침 함께 학교에 가자고 친구 집으로 오는 것이다. 초등학교 때는 같은 아파트여서 별문제가 없었지만, 중학교에 들어간 다음 이사를 해 계속 그러기가 쉽지 않은데도 아침마다 우리 집으로 온다. 그 아이가 학교 가는 길 중간에 우리 집이 있는 것이 아니라, 반대로 우리 집에서 학교로 가는 길 중간에 그 아이의 집이 있다. 그러니까 그 아이는 아침마다 학교 반대방향에 있는 친구 집에 왔다가 다시 학교로 가는 것이다. 아들에게 그러면 네가 학교 가는 길에 석형이 집에 들러야지, 하고 말했더니 이렇게 대답한다.

"그러면 석형이가 더 일찍 우리 집에 올걸요."

지금 3학년이니까 아마 졸업할 때까지 그럴 것 같다.

이 두 놈의 소원은 자기 집 엄마 아빠가 여행이든 출장이든 수시로 멀리 집을 떠나 있는 것이다. 그러면 얼씨구나 하고 이미 전날 저녁 책가방과 교복을 싸가지고 친구 집으로 들어간다. 아직은 마냥 서로 좋기만 한 나이다. 그러면서 하나하나 배울 것이다. 친구라는 것이 인생에서도 함께 오래도록 같이 길을 걷는 사람이라는 것을.

지난 일요일 아내가 군에 입대하는 아이를 데리고 강릉 어른들께 인사를 다녀오며 홍게 한 박스를 사왔다. 그런데 무슨 게가 살이 하나도 없어 국물 말고는 전혀 먹을 게 없다.

전에 얼핏 그런 말을 들은 적이 있었다. 게는 어떤 때는 살이 꽉꽉 차고 또 어떤 때는 빈 껍데기뿐인데, 살이 꽉꽉 차는 게 보름 때인지, 그믐 때인지 들어도 그때뿐, 다음이면 또 잊어버리고 마는 것이다.

그래서 아침에 어머니께 전화를 했다. 어느 집이나 이 세상에서 책에 나오지 않는 걸 가장 많이 아는 사람이 바로 어머니인 것이다.

"야이야, 본시 게라는 건 말이다, 어두우면 움직이지 않고 가만히 들어앉아 있어 살이 꽉꽉 차고, 달이 조금씩 밝아지기 시작하면 막 돌아다녀 보름 가까운 때 잡은 게는 그렇게 살이 없는 거란다."

그래서 바닷가 사람들은 달은 보지 않고 게 다리 하나 분질러보고도 날이 가고 달이 가는 걸 안다고 했다.

그나저나 어머니 연세가 일흔다섯인데, 앞으로 어머니가 안 계시면 밥을 먹다가도, 또 길을 가다가도 불현듯 이렇게 궁금해지는 것들을 누구에게 묻나.

고수의 사람 구분법

요즘 아이들답지 않게 컴퓨터 게임보다는 무협지에 푹
빠져 있는 두 중학생 조카가 있다. 방학이 되어 우리 집에 놀
러 올 때에도 이놈들은 가방 가득 무협지를 싸들고 올라온
다. 쌍둥이 형제끼리 서로 부르는 호칭도 '흑두', '백귀' 하
고 무협지 식으로 부른다. 어쩌다 학교에서 친구들끼리 싸운
것도 내공을 모아 일격을 가했다느니, 또 그것을 살짝 피해
상대의 경혈을 눌렀다느니 하는 식으로 중계한다. 이러니 잠
속에서까지 왜 무협지 꿈을 꾸지 않겠는가.

지난여름 두 놈이 자는 방에 이불을 덮어주러 갔다 온 아

내가 실실 웃으며 이제 자신이야말로 강호의 진정한 고수라
고 했다.

"그건 또 무슨 소린데?"

"영호는 이불을 감고 자고, 영수는 이불을 걷어차고 자요.
그래서 둘 다 이불을 제대로 덮어주려고 가슴에 손을 대니
영수가 그러는 거예요. 앗, 고수닷. 그러니 영호까지 고수님,
고수님, 그러고."

"그런데 당신은 누가 영호고 누가 영수인지 어떻게 알아?
얼굴이 똑같은데."

"다 고수 나름대로 구분법이 있는 거죠. 쟤들이 올라오면
내가 일부러 파란 티 빨간 티 나눠 입히거든요."

막 수능시험이 끝났다. 지난해 학부형으로 아이와 함께 그 시험을 치렀지만, 그렇지 않더라도 매년 이맘때가 되면 마음 한구석이 빈 들판처럼 싸해지는 느낌 하나가 있다.

지금 저 아이들의 나이 때, 정말 무던히도 부모님 속을 썩여드렸다. 고등학교도 중간에 때려치우고 대관령에 올라가 이태 동안 농사도 지었다. 어떻게 보면 일찍 세상에 눈뜬 것이고, 또 어떻게 보면 대책 없는 비행 청소년이기도 한 셈이었다.

그런 어느 날, 그런 자식에 대한 아버지의 독백이자 나무람이자 용서이자 격려이기도 한 말 한마디에 와르르 무너져 다시 마음잡던 날의 일이 떠오른다.

어디서 술을 한잔 하고 들어온 어린 아들에게 아버지가 이렇게 말했다.

"너도 크느라고 고생이다. 몸도 크고 마음도 크느라 여간 고생이 아니다. 그래, 얼른얼른 커서 그 고생 집어던져라."

그 말 한마디에 그간의 방황과 집 밖으로 돎, 그 모든 것을 다 용서받고 위로받는 것 같아 왈칵 눈물이 쏟아졌다. 오늘 저녁 아버지로서 아이들에게 따뜻한 말 한마디 건네자. 크느라고 고생하는 우리 아이들에게……

어여쁘고 착한 숟가락 소녀

우리 집의 중학생 아들은 매일 학교에서 점심을 먹는데 도대체 숟가락을 가져갈 줄 모른다. 지난해엔 그것 때문에 담임 선생님으로부터 몇 차례 주의 전화도 받았다. 점심시간만 되면 자꾸 다른 아이들의 숟가락을 빼앗아 그 아이가 점심을 못 먹게 한다는 것이다.

학교에서 이런 전화가 오면 부모로서는 여러 가지로 미안하고 송구스럽다. 그런데 올해는 1학기가 다 지나가도록 그런 전화가 걸려오지 않았다. 그래서 웬일인가 물어보았더니 학기 초 자기의 그런 모습을 보고 같은 반의 한 마음 착한 여학생이 매일 수저 두 벌을 챙겨온다는 것이었다. 그 말을 들은 다음부터 우리 부부는 그 여학생을 아들의 '숟가락 소녀'라고 부르기로 했다.

아이의 휴대폰에 사진까지 붙어 있는 그 '숟가락 소녀'는 참 착하고도 예쁘게 생겼다. 토요일과 일요일엔 함께 도서관에 공부를 하러 가기도 한다. 저녁식사 때 가끔 아들에게 '숟가락 소녀'의 근황을 묻는 것도 우리의 즐거움 중 하나다.

한번 그 숟가락 소녀의 얼굴을 보고 싶은데, 아직은 그럴 때가 아니라고 한다. 그럼 언제가 되어야 그럴 때가 된다는 것인지 그것도 우리는 궁금하다.

아버지가 부끄러워하는 것

아버지는 이제 텃밭 말고는 농사를 안 지으신다. 그런데도 사람들이 많이 지나다니는 길가의 밭 하나를 그냥 묵혀두기가 죄스러워, 올봄에도 그 밭에 밭벼를 심었다. 다른 동네 사람이 봐도 그렇지 이렇게 큰길가의 밭을 그냥 묵혀두면 안 된다고 기계로 밭을 갈아준 사람은 한집안의 아저씨였고, 늦었지만 밭벼를 심으면 좋겠다고 일러주더라고 했다.

집에는 밭벼 볍씨를 따로 보관하고 있는 것이 없어 그걸 구하기 위해 여기저기 알아보는 동안 시간이 흘러 다른 집의 밭벼보다 스무 날쯤 늦게 씨를 뿌렸다. 제대로 시기를 맞춰

볍씨를 뿌린 밭은 늦여름에 이삭이 팬다. 그러나 우리 밭의
벼는 구월이 되어서야 패기 시작했다.

"저게 벼 노릇을 제대로 해서 사람 입에 들어갈 수 있을지.
더구나 사람들 많이 지나다니는 길가에 있는 밭이라 여간 남
세스럽지 않다. 너무 늦게 패서 낟알로 익지 못하고 길가에
그냥 허옇게 서 있다면 그땐 또 그게 무슨 창피이겠느냐."

내가 집에서든 음식점에서든 밥알 하나를 쉽게 여길 수 없
는 이유가 바로 여기에 있다. 쌀은 돈이 아니다. 그것은 우리
의 또 다른 심성이며 나아가 아버지의 얼굴인 것이다.

선거 날의 추억

선거 날이다. 내가 선거권이 없던 어린 시절엔 투표소가 마련되어 있는 학교까지 할아버지를 모시고 다녀왔다. 지금도 선거, 하면 나는 내가 직접 투표에 참여한 스무 살 이후의 일보다 할아버지 옆에서 할아버지의 지팡이를 잘 받들어 모시면서 학교에 마련된 투표소까지 다녀오던 일이 먼저 떠오른다.

언덕길을 올라갈 때나 내려갈 때는 할아버지께서 몸의 균형을 잡기 위해 지팡이를 짚으시고 평지에서는 내가 그것을 받들어 모시는데, 이때 지팡이를 두 손으로 가슴 앞쪽으로

잡고 땅에 끌리지 않도록 조심해 들어야 한다. 어른의 지팡이를 모실 때는 그걸 꼭 두 손으로 모셔야 하고, 장난삼아 땅에 콕콕 찍어서는 안 된다. 지팡이는 어른 몸의 분신이다.

지금 돌아보니 그때 할아버지께서 신은 고무신이 유난히 희었던 것 같다. 할아버지는 평생 양말 대신 버선을 신으셨는데, 흰 고무신 위로 드러나는 흰 버선발도 눈이 부시게 단아했다.

그런데 그때 그 고무신을 혹시 어느 힘 있는 후보가 주었던 것은 아닐까. 오랜 세월이 지나니 이젠 불경스럽게 그런 생각도 빙긋 웃으며 해본다.

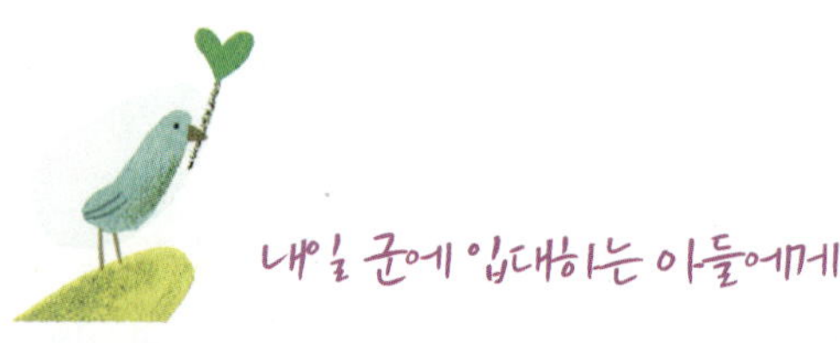

이 세상에서 가장 빨리 자라는 아이는 비 온 다음 날 오이처럼 자라는 아이다. 그러나 그보다 더 빨리 자라는 아이 둘이 있다. 하나는 남의 아이고, 또 하나는 책 속의 아이다. 그래서 옛말에도 책 속에 남의 아이 크듯 한다는 말이 있는 것이다.

네가 아빠하고 대관령을 함께 걸어 넘은 게 구 년 전 초등학교 5학년 때였다. 그리고 그때 아빠가 쓴 책이 〈아들과 함께 걷는 길〉이었다. 그 책 속의 아이가 어느 결에 이토록 자라서 군인이 되는 것이다.

얼핏 생각하기에 너는 그것을 젊은 날 국가에 대한 희생처럼 생각할지 모르지만, 당연히 가야 할 길을 가는 것, 네 누이나 애인이 가지 않고 네가 가야 하는 것, 애국이고 나발이고 거창하게 들먹일 것 없이 그게 바로 이 땅 남자들의 의무인 것이다.

이런저런 구실을 달아 그 의무에서 자신을 제외시키고, 또 제 자식을 제외시키는 자들은 그가 어떤 자리에서 어떤 일을 하더라도 나쁜 사람들이다. 그런 점에서 너는 거듭 바르고 건강하며 좋은 젊은이다. 아버지인 내가 보증한다.

부디 몸 건강하게, 씩씩하게 다녀오너라. 멀리 안 따라가고 앉은자리에서 인사를 하마. 힘들 때마다 너를 귀하게 여기던 사람들을 생각해라.

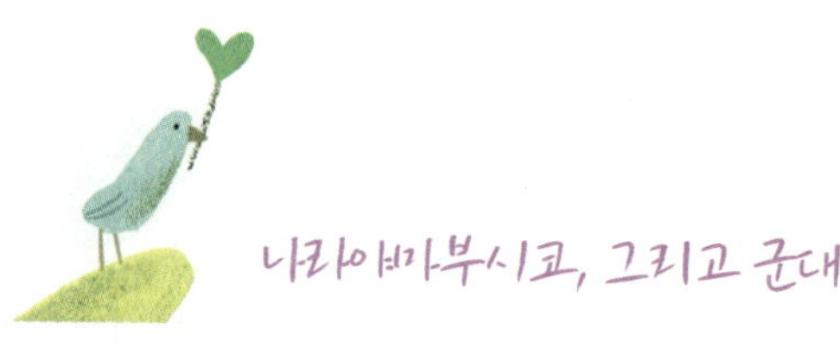

나라야마부시코, 그리고 군대

나라야마부시코는 일본판 고려장 얘기다. 나이 먹은 어머니는 맷돌에 스스로 입을 부딪쳐 앞니를 부러뜨리고 그 겨울 졸참나무 가득한 나라야마 산으로 간다. 조금이라도 쓸 만하고 따뜻한 옷은 남은 가족들을 위해 벗어놓고 홑껍데기만 걸치고 아들 지게를 타고 나라야마 산으로 간다.

어머니를 산에 모셔다 드리고 집에 왔을 때 아들의 눈에 제일 먼저 비친 건 할머니가 벗어놓은 옷을 입고 있는 자기 아들의 모습이다.

어제 큰아이가 군에 갔다. 전에 입던 괜찮은 옷들을 다 벗어 동생에게 주고 헐렁한 트레이닝복 한 벌 입고 군에 갔다.
부대까지 함께 따라가 줄 친구의 전화를 받고 마지막으로 현
관에 서서 신발을 신는데 작은아이가 뒤에서 말했다.

　"어, 그 신발……" 그러자 큰아이가 얼른 다른 낡은 운동
화로 바꾸어 신었다.

　"그냥 신어라." 내가 말하자 다시 큰아이가 대답했다. "괜
찮아요."

　집 앞에서 아이를 배웅했다. 그때까지 용케 울음을 참던
아내는 자동차가 떠나자 바로 눈물을 흘렸다. 그리고 집으로
들어와 현관문을 여는데 내 눈에 처음 들어오는 것이 아까
아이가 신으려다 벗어놓은 운동화였다. 귀가 아니라 내 눈이
먹먹해지고 말았다.

아들의 힘

아주 오래된 우스갯소리 중에 이런 것이 있다. 여자들이 싫어하는 얘기가 세 개 있는데, 그중 하나는 군대 얘기고, 또 하나는 축구 얘기며, 그 가운데서도 가장 싫어하는 것은 군대에서 축구한 얘기라고 한다.

아내는 축구를 좋아하지 않는다. 월드컵 때 큰맘 먹고 식구 수대로 표를 구해 오면 자기는 제발 빼달라고 해서 두 아이와 함께 이웃집 아이를 데리고 간 적도 있다. 우리나라가 4강전을 치를 때에도 왜 모든 방송사가 한 가지 방송만 하는지 그걸 의아하게 여겼다. 축구에 대해서 아는 것은 발로 공을 차는 경기라는 것과 그래서 골을 넣으면 이긴다는 것뿐이다.

그런 아내도 엄마로 아들 앞에서는 어쩔 수 없는 모양이다. 군에 간 아들 면회를 가서는 아들이 얘기하는 '군대에서 축구한 얘기'를 이 세상에서 가장 재미있는 얘기처럼 넋을 놓고 듣는 것이었다.

이따금 프로 운동선수와 연예인들의 병역비리 얘기도 나오지만, 군에 간 대한민국 아들들의 힘은 그렇다. 나라만 지키는 것이 아니라 군대도 모르고 축구도 모르는 엄마에게 '군대에서 축구한 얘기'까지 이 세상에서 가장 흥미로운 얘기로 빨려들게 만드는 힘을 가지고 있는 것이다.

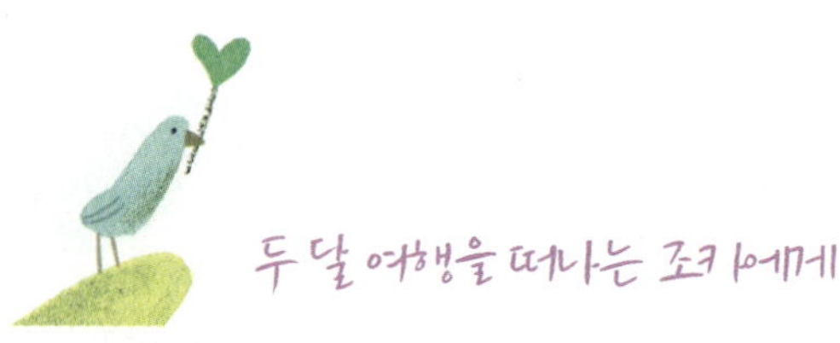

여행을 떠날 때 하수들은 습관적으로 카메라부터 챙긴다. 가서도 쉴 새 없이 필름을 갈아 끼우며 연신 셔터를 눌러댄다. '나도 언제 거기에 갔었다' 하는 것을 다른 사람들에게 증명해 보이기라도 하듯 조금만 색다른 풍경이 보이면 그 앞에 서서 열심히 셔터를 눌러대는 것이다.

그러나 애야. 여행지의 풍물과 풍경은 사진으로 담아오는 것이 아니라 눈으로 보고 가슴에 담아오는 것이란다. 그것이 길 위에서의 추억을 깊게 하고 여행지의 인상을 깊게 한다. 여행을 하며 열심히 카메라를 눌러대는 것은 연속적으로 울려대는 전화를 받으며 책을 읽는 것과 마찬가지다.

내 경험으로도 그렇단다. 함께 여행을 가 열심히 사진을 찍던 사람에게 나중에 그 여행에서 무엇을 보았느냐고 물으면 대개는 제대로 보지 못했다고 말한다. 나중엔 사진을 보고도 대체 그게 언제 어디에서 찍은 사진인지조차 헷갈려 하는 사람도 보았다.

이번 여행, 카메라 없이 한번 떠나봐라. 이제까지의 어떤 여행보다 의미 깊은 여행이 될 것이다. 여행에도 몰입이 필요하다. 미리 준비한 것만큼만 보게 되고, 몰입한 것만큼 보게 되는 것, 그것이 길 위의 공부, 여행인 것이다.

대체 저 자장면의 매력은 뭘까

며칠 전 모처럼 온 가족이 고기를 먹으러 갔다. 그런데 옆 테이블에도 우리처럼 고기를 먹으러 온 가족이 있었다. 할아버지, 할머니까지 있는 가족이었다. 모두 고기를 먹는데 그중 대여섯 살쯤 되어 보이는 그 집 작은아들만 눈물이 그렁그렁한 채 콧물을 훌쩍이며, 또 엄마의 눈치를 보며 자장면을 먹고 있었다.

"그래, 그래. 울지 말고 얼른 먹어. 사람이 먹고 싶은 걸 먹어야지." 옆에서 할머니가 열심히 아이를 달랬다.

대번에 사정이 짐작이 갔다. 아이가 고깃집에 와서까지 자장면을 먹겠다고 떼를 쓰자 처음엔 엄마가 야단을 치고, 그래도 울며불며 막무가내로 떼를 쓰자 할 수 없이 고깃집에서 중국집으로 전화를 걸어 자장면을 시켜준 것이었다.

어떻게 그렇게 잘 아느냐고? 그건 예전에 우리 집에도 그런 자장면 박사가 있었기 때문이다. 엄마는 모처럼 외식을 나온 김에 아이에게 고기 한 점이라도 더 먹이려 하고, 그러면 아이는 "이거 먹으면 자장면 사줄 거야?" 되묻고. 아이가 어릴 때 우리도 고깃집에서 중국집으로 전화를 많이 걸었다.

큰아빠 세차하는 날

어느 집이나 그 집 식구들만 독특하게 사용하는 은어가
있다. 다른 집 식구들은 그 말을 들어도 정확한 뜻을 알아듣
지 못한다. 그런 우리 집만의 은어 중에 '큰아빠 세차하는
날'이 있다. 우리 아이들은 하늘이 꾸물거려 비가 오려고 하
면 "오늘 큰아빠 세차하셨나?"라고 말한다.

어떤 때는 저희 사촌들끼리 전화를 걸어 묻기도 한다. "누
나, 오늘 큰아빠 세차하셨어?" 그러면 저쪽에서도 대번에 그
말을 알아듣고 이렇게 말한다. "서울에 비 오니? 여기는 올
생각도 않는데." "그럼 서울에 있는 다른 집 큰아빠가 세차하

셨나?"

　한동안 가물더니 요즘 비가 이쁘게 내려준다. 우리 아이들 표현을 빌리면 큰아빠가 일주일에 한 번씩은 세차를 하는 모양이다. 앞으로도 형님이 일주일에 한 번씩 계속 세차를 해 올해는 가물지 않고 봄과 여름을 났으면 좋겠다.

아버지의 짝짝이 양말

집안에 무슨 일이 있으면 네 형제가 시골집에 모인다. 아니, 어릴 때부터 한집에서 형제처럼 자란 6촌 형님까지 다섯 아들이 모인다. 올 때는 저마다 자기 집에서 자기 양말을 신고 오는데 갈 때는 모두 그걸 벗어놓고 아버지의 새 양말을 신고 떠난다.

설 때나 추석 때 틈틈이 아버지의 양말을 사가지고 가기는 하지만 알고 보면 그게 모두 자기가 도로 신고 올라오는 양말이다. 그렇다 보니 평소 아버지가 신는 양말은 다섯 아들이 벗어놓고 간 것들일 수밖에 없다. 미처 새 양말을 꺼내 신을 새가 없다. 때로는 어머니도 아들 양말을 신는다.

그런데 지난번에 내려갔을 때 아버지가 짝짝이 양말을 신고 계셨다. 같은 갈색이긴 한데 한쪽은 짙은 갈색이고 한쪽은 그보다 연한 갈색이었다. 양말이 없어서가 아니라 이제는 두 분의 눈이 침침해지기 시작해 방안에서는 같은 색의 연함과 짙음이 잘 구분되지 않는 것이었다.

등을 구부린 아버지의 뒷모습을 볼 때 아들은 슬프다. 그리고 비슷한 색깔의 짝짝이 양말을 신고 있는 아버지의 발을 내려다볼 때 아들은 다시 한 번 슬프다.

아이를 잘 낳는 엄마들

오래전에 여동생이 셋째를 낳았을 때였다. 시골에서 올라오신 어머니를 모시고 병원으로 갔다. 이제 동생을 본 조카도 함께 데리고 갔다. 큰 병원이라 그런지 신생아실도 여간 넓지 않았다. 아마 거기 바구니마다 누워 있는 아기가 스무 명 가까이 되는 것 같았다.

"이정혜 씨 아기 좀 보여주세요."

우리가 간호사에게 말하는 동안 우리 말고도 아기를 보러 온 또 한 가족이 신생아실 유리창 앞에 서 있었다. 나는 네 살짜리 조카가 제 동생을 잘 볼 수 있도록 뒤에서 가슴을 안아

번쩍 치켜들었다. 그러자 비로소 신생아실의 많고도 많은 아기를 본 조카가 조금은 심각한 얼굴로 이렇게 묻는 것이었다.

"외할머니, 이거 우리 엄마가 다 낳은 거예요?"

그 말에 어른들은 터져 나오는 웃음 때문에 미처 대답을 하지 못하고 있는데, 내 조카처럼 어른들과 함께 제 동생을 보러 온 저쪽 집안의 서너 살쯤 되어 보이는 아이가 행여 제 동생을 빼앗길까봐 지지 않고 이렇게 되받는 것이었다.

"아니야. 우리 엄마가 낳은 것도 많아."

그날 그 병원에는 이 세상에서 아기를 가장 잘 낳는 두 여자가 입원해 있었던 것이다.

어머니의 옷자랑

며칠 전 볕 좋은 날 오후, 고향에 계시는 어머니가 전화를 하셨다.

"오늘 날씨가 아침부터 참 좋더라. 들일도 다 끝나고 해서, 오늘은 내가 마음먹고 이 다음에 아버지하고 내가 입고 가라고 느들이 해준 옷을 꺼내 마당 한구석에 자리를 펼쳐놓고 거풍(擧風)을 시키고 있다. 볕은 어쩌면 이렇게도 좋은지. 그동안 장롱에서 축 가라앉아 있던 것이 이렇게 펼쳐놓으니 올올이 일어서는 게, 손으로 쓰다듬어도 까끌까끌한 게 여간 좋지 않아. 모든 게 이렇게 잘 준비가 되었구나, 싶으니 마음

도 여간 흐뭇하지 않고. 그래서 누구한테 자랑이라도 하고
싶은데, 자랑하고 싶은 데가 없어서 내가 지금 니한테 이 다
음에 내가 입고 갈 옷 쓰다듬으며 전화를 한다."

어린 시절 마당가에 수의를 펼쳐놓고 쓰다듬던 할머니의
모습이 그랬고, 지금 어머니의 모습이 그렇다. 나는 갑자기
슬퍼지고 서러워지는데, 어머니는 베가 좋다고, 옷이 좋다고
자랑처럼 내게 그런 전화를 하신다.

전화를 받고 나서 건넌방에 있는 아들을 바라보았다. 이
다음 나도 어머니처럼 저렇게 자연스럽게 아들에게 전화를
걸어 그런 말을 할 수 있을까? 왠지 나는 그럴 자신이 없을
것 같은데, 그게 어머니 같아지자면 이 가을은 또 얼마나 지
나가야 할까.

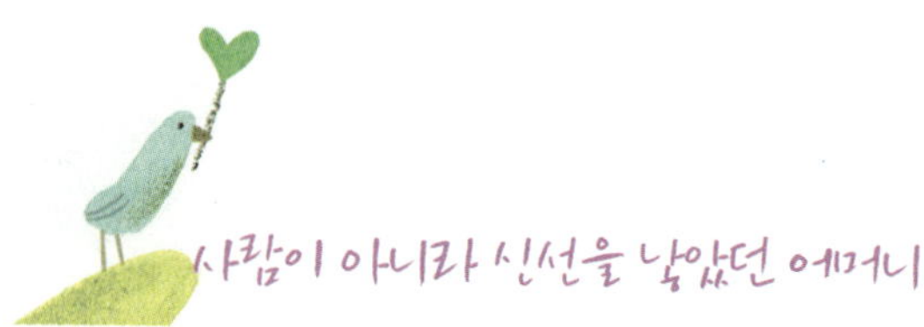

느티나무 아래에 거적을 내어다 깔고 누워 부채를 부치며 새소리와 매미 소리를 듣는 것도 시원할 것이다. 그러나 그곳도 원두막만큼 시원하지는 않다. 땅을 훑고 지나가는 바람과 공중으로 지나가는 바람은 느낌부터 다르다. 예전에 방학을 하면 동생과 나는 마당가에 원두막부터 지었다. 큰 감나무 아래에 그 감나무를 한 축으로 굵은 나무 세 개를 더 세우고 키 높이보다 훨씬 높은 곳에 허공 다락을 만든다.

다락은 푹신한 보릿짚 위에 멍석을 깐 다음 다시 매끈한 왕골자리 한 잎 더 올려서 깐다. 감나무 잎이 충분히 해를 가

려주지만, 저녁때 모기가 달려들지 못하도록 방 모양의 모기
장을 칠 수 있게 헐렁 지붕도 만든다.

동생과 나는 식구들과 따로 밥도 그곳에서 먹을 때가 많았
다. 어머니가 밥상을 가져오면 우리가 덜렁 위로 들어올렸
다. 지금 생각해보면 참 귀찮기도 하셨을 텐데 어머니는 "내
가 사람이 아니라 신선을 낳은 죄로 마당 심부름이 많다"라
며 찐 감자나 찐 옥수수 같은 간식거리와 마당가에 주렁주렁
달려 있는 자두와 포도를 수시로 따 날라주셨다. 그때는 여
름이 이렇게 더운지 몰랐다.

잘 먹는 걸로 효도하는 아들

요즘 시장에 자두는 나도 자두의 원조가 되는 재래종 '오얏'은 나지 않는다. 어쩌다 보게 되어도 '오얏'이라는 원래 이름으로 불리지 않고 '콩자두'라고 불린다. 방울 토마토 작은 것 크기만 한데, 맛도 자두보다 시다.

나는 어릴 때부터 신 것을 잘 먹어서 어머니는 지금도 마당가의 오얏이 익으면 "나는 저 나무만 보면, 여름만 되면 밥도 안 먹고 늘 저 밑에 가서 살던 셋째 생각이 난다"고 애를 쓰신다고 한다.

그래서 형수님이 시골집 마당가의 오얏을 따서 고속버스

편으로 우리 집에 보내주었다. 그러기 며칠 전 아내도 형님 댁에 전화를 걸어서 "우리 집은 여름만 되면 쌀값보다 상우 아빠 자두 값이 더 들어요" 하고 엄살도 부렸다.

10킬로그램짜리 한라봉 박스에 넘치도록 오얏을 보내고 나서 형수님이 전화로 하하 웃으며 이렇게 말했다. "어머님 하루에도 몇 번씩 애를 쓰며 노래를 부르시다가 이제 편히 주무시게 되었으니 우리 집 셋째 서방님은 먹는 걸로도 효도 참 잘하셔요."

그래, 그 말이 맞다. 예부터 '드려서 효도하는 아들이 있고, 먹어서 효도하는 아들이 있다'고 했다. 시골집 마당가의 자두가 내겐 그렇다.

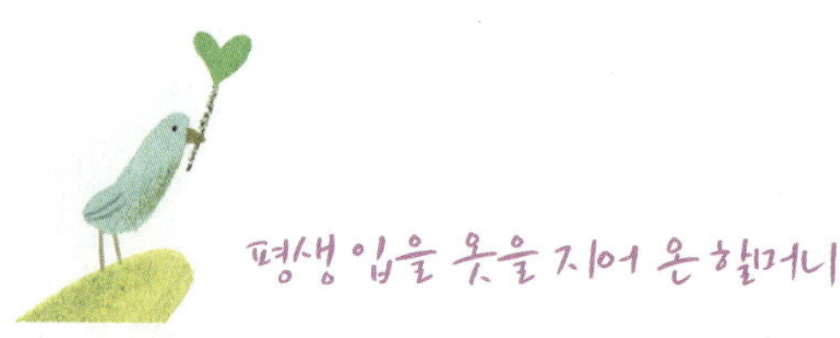

내가 어렸을 때 우리 집엔 사랑과 안방 사이의 중간 방에
두 개의 장롱이 나란히 놓여 있었다. 하나는 어머니의 장롱
이었고, 또 하나는 할머니의 장롱이었다. 어머니의 장롱은
어머니가 시집을 올 때 외할아버지가 마당가의 오동나무를
베어 짜 보내주신 것이고, 할머니의 장롱은 그때쯤 며느리를
보는 할머니에게 할아버지가 새로 사주신 것이라고 했다.

두 장롱이 중간 방에 나란히 같이 놓여 있어도, 할머니는
할머니의 장롱을 거의 이용하지 않으셨다. 우리 기억으로 할
머니는 윗사랑에 놓아둔 반닫이와 커다란 독을 더 많이 이용

했는데, 그 독 안에는 삼베와 모시로 지은 할머니의 옷들이 아직도 스무 벌쯤은 한 번도 꺼내 입지 않은 채로 차곡차곡 개켜 있었다.

예전에는 자신이 평생 입을 옷을 그렇게 시집올 때 한꺼번에 다 지어 오는 것이라고 했다. 시집온 다음엔 자기 옷을 지어 입을 사이가 없기 때문이다. 할머니는 내가 열 살 때 그 독 안의 옷들을 다 입어보지 못하고 돌아가셨다. 후에도 그 옷들은 오래도록 그 안에 차곡차곡 쌓여 있다가 할아버지가 돌아가셨을 때 아버지 손에 하나하나 태워져 다시 할머니에게 보내졌다.

엄마가 낮잠을 잘 때

엄마가 한 시간 낮잠을 자겠다고 아들과 남편에게 말한다. 그러면 이상하게 십 분도 안 돼 엄마를 찾는 전화가 걸려온다. 한 시간 동안 그런 전화가 세 번쯤 걸려오는데, 그중에 바꿔주지 않으면 안 될 전화가 꼭 한 통 끼어 있다.

엄마가 낮잠을 자면 아들도 갑자기 엄마에게 묻고 싶은 말이 많아진다. 잠을 방해하기 위해 그러는 게 아니라 저절로 묻고 싶은 말이 생기는 것이다. "엄마, 내 청바지 어디 있어요?" "엄마, 우리 집에 라면 사다 놓은 것 없어요?" "엄마, 전에 내가 붙이고 놔둔 반창고 어디 있어요?" 그러다 끝내 이렇게 말하게 된다. "엄마, 좀 일어나 봐요."

남편 역시 만만찮게 아내의 낮잠을 방해한다. "여보, 텔레비전 리모컨 어디다 뒀어?" "애랑 라면 끓이는데 물 얼마만큼 부으면 돼?" "참, 당신 절에 가는 날이 언제라고 했지?"

도대체 편히 잠을 자도록 내버려두지 않는다. 그래서 엄마가 낮잠을 못 자느냐고? 그것은 또 아니다. 한집안의 엄마자리는 낮잠을 자는 동안도 그 집안에서 일어나는 모든 일에 대해 일일이 능동적으로, 혹은 수동적으로 반응해야 하는 자리인 것이다. 중심이자 안테나인 것이다.

# 형제가 다 모이는 자리

엊그제 집안의 사형제가 부부동반으로 강원도 영월에서 모였다. 그곳의 어느 한적한 유원지나 식당에서 모인 것이 아니라, 한 형제의 장인어른이 돌아가셔서 그곳 읍내에 있는 의료원 장례식장에서 모였다. 사돈이 세상을 떠나는 자리라 아버지, 어머니도 강릉에서 오셨다.

그렇게 부모님과 형제가 모두 모이는 자리는 명절 말고는 쉽지 않다. 여름휴가 때에도 서로 일정이 맞지 않아 형제들 모두 시골집 마당에 모였던 게 벌써 수년 전 일이다. 앞으로도 명절이 아닌 때에 형제가 다 모이는 자리는 이번 일처럼 누군가 큰일을 겪을 때 말고는 없을 것이다.

무더운 여름을 넘긴 다음이어서인지 아버지, 어머니의 얼굴이 지난번에 뵈었을 때보다 수척해 보인다. 일흔이 훨씬 넘은 연세다. 그런데도 아버지는 식사를 하던 중에 이 주머니 저 주머니를 뒤져 며느리들에게 올라가다가 무얼 사 먹으라고 용돈 몇만 원씩을 나누어준다. 다들 괜찮다고, 저희들도 돈이 있다고 하자 "있어도 받아라. 내가 언제까지 이럴 수 있겠느냐"고 말씀하신다. 그 말이 아버지와 동갑이신 사돈어른의 장례식장에서 하시는 말씀이라 더욱 우리의 가슴을 먹먹하게 한다.

어제 아버지가 며느리에게 주시는 용돈 얘기를 했더니 참 많은 사람들이 그걸 부러워했다. 어떤 분은 그걸 '이쁜 돈'이라고 표현했다. 그러나 지금 며느리들에게는 얼굴을 볼 때마다 '이쁜 돈'을 2만 원씩이거나 3만 원씩 잘 주시지만 우리가 학교 다닐 때에는 용돈을 잘 주시지 않았다.

그렇다고 안 받을 나도 아니어서 학교 다닐 때 용돈 거짓말을 자주 했다. 그 시절 부모님께 했던 거짓말의 절반 이상은 아마 용돈에 대한 거짓말이었을 것이다. 상업고등학교를 다녔던 나는 틈틈이 주산시험 거짓말을 했다. 한 달에 한 번

정도 서울의 어떤 검정기관이 실시하는 주산·부기 급수시험이 있었다. 시험을 보는 값이 600원 정도였는데, 자장면 한 그릇이 80원 하던 시절이니까 사실 적은 돈도 아니었다. 그걸 거의 매달 시험 본다고 돈을 타갔다.

전에 한번 그 말씀을 드렸더니 아버지께서 이렇게 대답하셨다. "알면서도 속고 모르면서도 속는 게 부모지. 지금 너희들은 안 그럴 줄 아냐?" 아마 나와 우리 아들 사이도 그럴 것이다. 그것은 서로 닮아서가 아니라 누구나 그 시기에 비슷한 과정을 거치는 게 바로 우리 인생이기 때문이다.

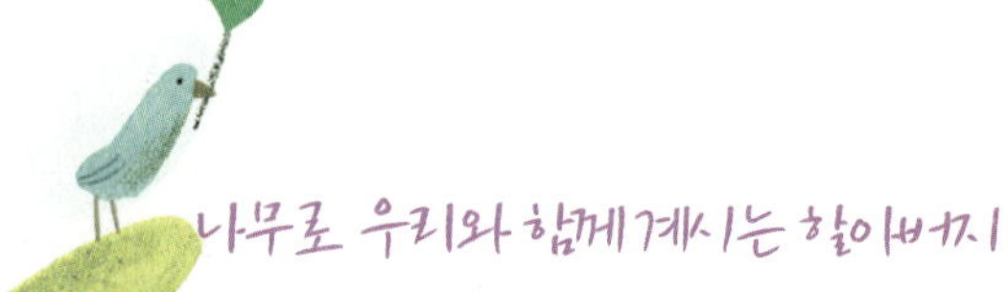

시골집 마당가에 여러 그루의 자두나무가 서 있다. 몇 나무의 자두는 빨갛게 익고, 몇 나무의 자두는 노랗게 익는다. 크기도 아이들 주먹만 하다. 어릴 때부터 있던 나무들이라 우리는 동네 아이들의 부러움을 샀다.

모두 할아버지가 심으신 나무들이다. 할아버지는 오랍들의 빈 터마다 앵두, 매실, 살구, 자두, 복숭아, 포도, 사과, 호두, 밤, 감, 모과, 석류나무를 심었다. 지금 열거한 것은 할아버지가 심은 나무들의 열매가 익는 순서에 따라 적은 것이다. 복숭아나무도 천도복숭아와 털복숭아 나무를 구분하여

두 종류를 심었다.

이 가운데 복숭아·포도·사과·석류 나무는 할아버지를 따라 늙어서 죽고, 다른 나무들은 아직도 왕성하게 열매를 맺는다. 자두는 6월 말부터 부쩍 과육을 늘리기 시작해 한 달 후쯤 절정을 보인다. 그러면 우리 형제들은 이틀에 한 번씩 아버지, 어머니께 전화를 해 마당가 자두의 안부를 묻는다.

예전에 할아버지가 그러셨다. 물려받은 가난이야 어쩔 수 없지만 어른이 조금만 부지런하면 아이들이 남의 집 과일 부러움은 하지 않고 산다고.

엊그제가 할아버지의 24주기였다. 그렇지만 지금도 할아버지는 나무로 우리와 함께 계신다.

외투 전쟁

아무리 이상기온이고, 또 따뜻하다고 말해도 춥지 않은 겨울이 어디 있으랴. 단지 예년보다 덜 춥다는 것이지 정말 춥지 않은 겨울은 어느 해에도 없다. 그런 겨울 아침, 엄마와 중학교 2학년짜리 아들이 옷 때문에 전쟁을 치른다.

엄마 : 오늘은 어제보다 더 춥다.

아이 : (이미 그 말만으로도 무슨 뜻인지 알겠다는 듯 묵묵)

엄마 : 밖에 나가보니까 정말 너무 추워.

아이 : 그래서 엄마가 나 학교까지 데려다 주시려구요?

엄마 : 아니. 오늘은 이거 입고 가라구.

아이 : 안 입고 간다니까요. 밖에 나가봐요. 누가 그런 걸 입고 다니는지.

어떻게든 엄마는 아이에게 외투를 입히려고 하고, 아이는 아무도 입지 않는 그 외투를 왜 자기만 입고 가야 하느냐고 따진다. 정말 밖에 나가보면 아무리 추운 날도 교복 위에 무얼 걸치고 다니는 아이가 없다.

아내는 왜 그러는지 도무지 이해할 수 없다지만, 예전 우리가 저 나이 때 부모님과 치렀던 '내복 전쟁'을 생각해보면 아주 이해 못 할 일도 아니다. 추우면 입는 거지, 하고 거기에 무슨 명분이 있으랴 싶지만 추위보다는 집단적으로 친구들 앞에 서로 약한 모습을 보여서는 안 되는 나이가 바로 저 때인 것이다.

어린 시절, 학교에서 아버지를 그리라고 하면 우리는 들에서 일하는 아버지가 아니라 마치 사진기 앞에 서 있는 듯한 모습의 아버지를 그렸다. 그림을 그리는 솜씨가 없기도 했겠지만 어느 아이의 그림도 그 아이의 아버지 같지 않았다. 그럴 수밖에 없는 것이 그때 우리가 그린 아버지의 모습은 하나같이 양복을 입고 있었다. 그러나 그 시절 우리 아버지들은 양복을 입지 않았다. 입을 양복이 없는 아버지가 더 많았다.

몇 년 전 초등학교 동창 모임에서 한 친구로부터 "나는 우리 아버지가 양복을 입은 모습을 한 번도 보지 못했어"라는 말을 들었다.

"네 결혼식 땐?"

"그때도 두루마기를 입으셨어."

"더 멋진 옷 입으셨네"라고 했지만 지나고 나니 안 입으시더라도 양복 한 벌 제 손으로 해드리지 못한 게 많이 한이 된다고 했다. 그러고 보니 나야말로 여태 살아오면서 아버지께 양복 한 벌 해드리지 못했다. 신인작가 시절엔 오히려 내가 아버지로부터 옷을 받아 입었고, 지금은 그걸 갚아드리려고 해도 '얼마나 입는다고' 하시며 두 손부터 내 흔드신다. 그래서 늘 아내의 손을 거쳐 가져다드리는 것이 넥타이뿐이다.

아이들이 만들어내는 말

지금은 거의 쓰지 않지만, 한때 우리 식구 모두 하루에도 몇 번씩 '꽃마음'이라는 말을 썼다. 사전에는 그런 말이 나와 있지 않다. 중학교 2학년인 둘째가 어릴 때 처음 썼던 말이다.

'내 생각이 처음엔 이랬는데, 지금은 이렇게 바뀌었어.'

'아침엔 이런 생각을 했는데, 지금은 다른 생각을 해.'

'처음엔 엄마가 나한테 그렇게 말하지 않았잖아.'

이럴 때 쓰는 말이 '꽃마음'이었다.

'꽃마음일 땐 일찍 들어오려고 했는데, 놀다 보면 잊어버려요.'

그 말을 나는 이렇게 변형해 쓰기도 했다.

'꽃마음일 땐 자장면을 먹으려고 했는데, 막상 식당에 오니 짬뽕이 먹고 싶네.'

그러나 아이가 크면서 언제부턴가 그 말이 슬그머니 사라져버리고 말았다. 오늘 아침에 문득 생각이 나 그 말을 쓰니 아이들이 조금은 썰렁하다는 눈길로 나를 바라본다.

'아빠, 그건 이제 우리 집 분위기하고 안 어울려요' 하는 것 같다. 꽃마음일 땐 우리 모두 그 말을 오래오래 쓸 줄 알았는데, 어느 결에 아이들의 몸이 어른만큼 커가고 있는 것이다.

밤 한 톨에 감격하는 이유

어제 고향에 계신 아버지, 어머니가 서울 아들 집에 다니러 오셨다. 조그만 보따리 속에 여러 종류의 반찬과 또 여러 종류의 과일이 들어 있었다. 그 가운데 유독 내 눈길을 끌며 참으로 경건한 마음으로 오래도록 바라보게 하는 것 한 가지가 있었다. 밤이었다.

그 밤나무를 심은 할아버지는 1894년에 태어나 열세 살에 결혼했다. 당장 아침을 먹고 난 다음 저녁 끼니가 없는 가운데에서도 할아버지는 선산 주변에 밤 닷 말을 구해 심었다고 했다. 그때 동네 사람들 모두 그 밤으로 당장의 끼니를 연명

하지, 하며 어린 새신랑의 무모함을 비웃었다고 한다.

후일 그 밤나무 숲은 웬만한 집의 일 년 농사보다 더 많이 수확을 하였다. 우리가 어릴 적에도 그랬다. 그렇게 온 선산에 밤나무를 심었던 할아버지는 20여 년 전에 세상을 뜨셨다. 이제 그 나무들도 몇 그루를 제외하곤 수명을 다했다.

중학교 때 그 얘기를 처음 듣고 할아버지에게 스피노자에 대한 얘기를 해드렸다. 그때 할아버지의 대답이 이랬다.

"그쪽에도 나처럼 미련한 영감 하나 있었나 보구나."

할아버지의 손을 쓰다듬듯 그 밤을 쓰다듬고 또 쓰다듬었다.

나의 어린 검열관들

몇 년 전 〈19세〉라는 소설을 냈을 때였다. 하루라도 빨리 어른이 되고 싶어하던 한 소년의 일탈과 방황, 이성에 대한 호기심과 그리움을 내 오랜 추억 속에서 건져낸 소설이었다. 책이 나온 다음 그 책 앞 페이지에 아이의 담임 선생님의 이름을 쓰고 그 아래 내 사인을 해 아이에게 건넸다. 그때 아이는 중학교 3학년이었다. 예전에는 그냥 군말 없이 그것을 들고 학교로 가 선생님께 전하던 아이가 이번엔 이렇게 말하는 것이었다.

"제가 먼저 읽어보고 갖다 드릴게요." "왜?" "선생님께 드려도 될 책인지 아닌지 검사해보고 드리려고요."

그 아이가 책을 다 읽는 며칠 동안 나는 마음속으로 안절부절못했다. 이 아이가 좋지 않다고 말하면 어떻게 하나, 작품 속엔 이제 막 성에 대해 눈떠가는 한 소년의 끝없는 호기심과 아슬아슬함도 그대로 담겨 있는데, 이것이 아이에게 그저 '야한 책'으로만 보이는 건 아닐까.

내 아이가 어느새 소설가인 아빠의 작품까지 검열할 정도로 자란 것이었다. 그리고 그때부터 나는 글을 쓸 때마다 그 무서운 검열관을 의식하고 있다. 어떤 작품도 그것은 내 아이가 읽는 책이다.

내 사랑 자두

여름 과일 가운데, 유독 내가 좋아하는 것은 자두다. 지난여름 어머니가 강릉 마당가의 재래종 '콩자두' 한 박스를 따서 보내주셨다. 15킬로그램 정도 되는 걸 나흘 만에 다 먹어치웠으니 하루에 자두 3킬로그램 이상 먹은 셈이다. 그러고도 배탈이 나지 않는 게 내가 봐도 신기하다.

여름 내내, 아내와 나는 농수산물 시장에 드나들며 연신 자두를 사 날랐다. 한 가계의 총 지출 가운데 음식비가 차지하는 비중을 '엥겔계수'라고 하는데, 아내 말에 의하면 우리 집 경우는 여름마다 총 음식비 가운데 자두가 차지하는 '자두계수´가 만만치 않다는 것이다.

오얏꽃은 3월에 핀다. 3월에 꽃피는 과일이 9월 말까지도 시장에 나왔다면 그것은 참으로 오래 나온 셈이다. 추석 지나고 나서도 자두 맛을 보았는데 이제 어느 시장에 가더라도 자두가 없다.

지난번에 잔뜩 사와서 어제 마지막 하나 남은 자두를 랩으로 잘 싸서 냉동 보관하자 아내가 왜 그렇게 하느냐고 물었다. 옛날에 굴비를 사와 천장에 매달아놓고 바라보기만 했다는 자린고비 얘기처럼 내년 여름 새 자두가 나올 때까지 틈틈이 꺼내보며 말 그대로 눈으로 요기할 참이라고 대답했다.

추억

석류를 까먹는 밤

"아니, 왜 기침을 하느냐? 고뿔이 왔더냐?"

할아버지가 그렇게 물으면 우리는 더욱 콜록콜록 기침을 한다. 아뇨, 괜찮아요, 하면서도 할아버지의 얼굴을 흘끔흘끔 살펴보며 기침을 해댄다.

"가서 석류 한 알 꺼내 오너라."

그 소리가 나올 때까지 기침 시위를 하는 것이다. 헛간에 가면 연시를 담은 등겨 가마니와 사과를 담은 등겨 가마니, 석류를 담은 등겨 가마니가 있다. 그 과일들은 등겨 가마니 속에서 얼지도 썩지도 않고 한겨울을 난다.

겉보기엔 탐스러워도 막상 속을 갈라보면 다른 과일보다 빈약한 게 석류다. 사랑방 화롯가에 들러붙어 제비새끼들처럼 저요, 저요, 하고 손을 내미는 어린 손자들 손바닥에 할아버지는 앵두보다 더 작고, 앵두보다 더 먹을 게 없는 과육 몇 점씩을 떨어뜨려 준다. 그러나 그 향긋하고도 새콤한 맛을 어느 과일이 따라올까.

어제 슈퍼에 나갔다가 석류가 보이기에 박스째 사왔다. 아내는 한꺼번에 그렇게 많이 사서 무얼 하느냐고 하지만, 모르는 소리 마라. 이 과일 하나에 우리 형제들 모두 다시 돌아가고 싶어하는 어린 시절 겨울밤의 추억이 다 들어 있다.

삼잎을 태우던 날

소년이 어릴 땐 시골 집집마다 삼을 심었다. 요즘 말로 하면 대마고 마리화나다. 성질 못된 사람을 가리켜 '삼밭의 모기' 같다고 했다. 대마의 진을 빨아먹은 모기니 여간 극성스럽지 않다. 삼베 올에 드문드문 박혀 있는 검은 점이 바로 모기가 진을 빨아먹은 자리다.

할아버지가 삼밭에서 삼을 잘라 온다. 마당가에서 줄기만 남기고 우듬지와 잎을 쳐낸다. 줄기를 가마솥에 삶아 껍질을 벗긴다. 이 껍질을 이빨로 잘게 찢어 한 가닥 한 가닥 실로 이어 붙인다. 노랗게 치자 물을 들여 베를 짜는 것까지 이건 할머니와 어머니의 일이다.

찬바람이 불면서부터 소년은 할아버지가 계시는 사랑방에 군불을 땐다. 청소를 겸해서 마당가에 날리는 가랑잎도 긁어 때고, 얼마 전 껍질을 벗겨낸 하얀 삼줄기와 삼잎도 갈퀴로 긁어 아궁이에 넣는다.

어릴 땐 그냥 불 앞에 앉아 있어 얼굴이 홧홧거리고 몽롱한 줄 알았는데, 유독 어느 날 그렇게 온몸이 공중에 붕 뜨듯 불 앞에 혼망했던 날이 있었다. 당시엔 몰랐으되 보다 많은 시간이 흐른 다음에야 아, 그 때문이었구나, 알게 되는 내 열 살 때의 연기의 추억.

램프의 추억

"어둡기 전에 방에 불을 밝혀라. 남포 말끔히 닦고."

어린 시절 그것이 매일 저녁 소년이 해야 할 일이었다. 집 안엔 두 개의 남포와 두 개의 등잔이 있었다. 남포 하나는 늘 부엌에 걸려 있었고, 또 하나는 안방과 가운데 방 사이에 걸려 있었다.

남포에 불을 밝히자면 우선 세숫대야에 비누를 풀고, 지난 밤 그을음이 낀 등피를 새것처럼 맑게 닦아야 한다. 그렇게 등피를 맑게 닦고 남포에 불을 밝힐 때 그 불빛과 함께 환해지는 산골 소년의 마음을 누가 알까?

소년은 금방 자신이 불을 붙인 남포의 불빛을 향해 빙그레 웃는다. 남포에 불을 밝힐 때마다 왠지 내 마음속에 불을 밝히듯 어떤 넉넉함이 소년의 마음속에 깃든다. 거울도 없이 내 마음의 눈을 바라보듯 남포 심지의 불을 바라본다.

저녁마다 남포에 불을 붙여 집안을 밝히는 일. 그것은 마치 어둠이 밀려오는 성전에 불을 밝히는 일과 같다. 아니, 소년에겐 일이 아니라 그보다 성스럽고 엄숙한 의식이었다.

산골마을에 전기가 들어와 더 이상 남포에 불을 밝히지 않아도 된 것은 소년이 자라고 자라 스무 살이 되던 해였다. 그러나 지금도 나는 그때의 성전을 밝히던 저녁 불빛이 내 삶의 불빛처럼 그립다.

대관령, 추억의 토끼 사냥

"아빠, 아빠는 어릴 때 눈이 오면 무얼 했어요?"

함박눈이 펑펑 쏟아질 때 함께 그 모습을 바라보며 작은 아이가 물었다. 잠시 동안이긴 하지만 너무 펑펑 쏟아지는 눈이라 내가 이렇게 말했던 것이다. "와, 대관령처럼 눈이 내린다."

그 말은 눈에 대해 내가 붙일 수 있는 최상급의 설명이며, 또한 최상급의 감탄사인 동시에 최상급의 대접이기도 하다. 내 기억 속에서 대관령의 눈은 언제나 그렇게 최상급으로 펑펑 쏟아졌다.

지금도 시골에 가면 눈 내린 다음 날 동네 장정 서넛이 운동 삼아 재미 삼아 저마다 손에 작대기 하나씩 들고 토끼사냥에 나선다. 인류가 이 땅에 출현해서 처음 했던 방식 그대로의 토끼 사냥인 것이다. 눈 쌓인 산 위에 올라보면 태초의 겨울이 꼭 이랬을 것 같은 느낌이 든다. 그런 태초의 눈밭에서 태초의 사냥 방식으로 하루 종일 토끼를 쫓는다.

그러고 나면 사람도 지치고 토끼도 지친다. 저녁때가 되어 토끼는 토끼 집으로, 사람은 사람 집으로 돌아온다. 그러면서도 매년 겨울 순전히 그렇게 몸으로만 쫓아 토끼 몇 마리를 잡은 것처럼 소문을 내는 것, 그것이 추억 속의 즐거운 우리 토끼 사냥이었던 것이다.

용남이 누나의 칼점

매년 이맘때면 생각나는 어릴 때의 동네 누나가 있다. 지금처럼 봄도 아니고 겨울도 아닌 바로 이때, 양지밭에서 냉이를 캘 수 있게 되면 그때부터 한동안 그 누나의 집 주식은 냉이콩국이었다. 그 국에 밥을 말아먹는 것이 아니라 냉이에 콩가루를 묻혀 끓인 콩국 자체가 주식인 것이다. 그러다 어느 한 끼 보리쌀과 좁쌀 감자를 섞은 밥 한 숟가락을 그 국에 말아먹는다.

그 누나가 나물을 하면서 "오늘은 밥을 먹나 죽(국)을 먹나, 밥이면 서고 죽이면 누워라, 후여" 하고 칼을 공중에 던져 점을 친다. 그 칼이 공중에서 거꾸로 내려와 땅에 바로 꽂히면 저녁엔 밥을 먹고 숟가락처럼 자빠지면 또 냉이콩국만 먹는다는 뜻이다.

그 누나뿐만 아니라 아직 초등학교를 다니는 여자 애들이나 열일고여덟 살의 말만 한 처녀들이 나물을 하다 말고 그렇게 공중으로 칼을 휙 던져 저녁에 무얼 먹을 것인지 칼점을 쳐볼 만큼 쌀이 귀했던 봄철의 얘기다.

이 얘기를 하자 아이는 이해하지 못했고, 아내는 눈물지었다. 얼마 전 어머니로부터 그 누나가 잘산다는 얘기를 들었을 때 내 일처럼 고마운 생각이 들었다. 어른들이 그럴 때 왜 '고맙다' 고 표현하는지도 그 누나를 통해 다시 알게 되었다.

은빛 낚시

"연세 들어서까지 팔도를 돌아다니시던 작은할아버지는 수중에 돈이 거의 떨어지거나 명절이 되어 집으로 오실 때마다 같은 골 안에 사는 큰집, 작은집 식구가 한 달 내내 먹고도 남을 어물을 사오시곤 했다. 어느 해는 소금에 절인 고래고기를 가마니째 사오셨다.

그때는 작은할아버지가 대체 무얼 하시는 분인지, 돈이 떨어져 집으로 오신다면서도 식구들의 옷과 어물 등 많은 물건을 사오시는데 그러면 그 돈은 또 어디에서 나는 것인지 궁금했다. 그래서 학교에서 배운 대로 혹시 우리 작은할아버지가 간첩은 아닐까, 하고 남모르게 고민하기도 했다.

어쨌거나 작은할아버지가 집에 오시면 대관령 산 아래의
큰집, 작은집 처마에는 명태가 장작을 엮어 내걸어놓은 것처
럼 빼곡히 걸렸다. 입을 쩍 벌리고 걸려 있는 명태 아가리마다
에 우리 손가락 길이만 한 은빛 낚시가 하나씩 들어 있었다.

그런데 고기를 잡는 방법이 달라진 것일까. 언제부턴가 입
을 꽉 다문 생태를 사도 그렇고, 입을 쩍 벌린 북어를 사도
어릴 때 보았던 은빛 낚시가 보이지 않는다. 그것은 지금도
여전히 내 추억의 그물 한 자락을 단단히 꿰고 있는데.

추위의 기개

"내일 기온이 많이 떨어져 춥습니다. 강원도 산간지방엔 눈이 내리는 곳도 있겠고, 대관령은 영하 16도까지 내려갈 것 같습니다."

텔레비전 뉴스 끝, 기상예보 시간에 이런 소리를 들으면 나는 누웠다가도 그 자리에서 벌떡 일어난다. 그러면서 '춥겠구나' 하는 생각보다 '야, 신나겠구나' 하는 생각을 먼저 한다. 그 산 아래에서 자라고, 그 산 위에서도 두 해 겨울을 보낸 추억 때문이다.

마당가에서 세수를 하고 방으로 들어가기 위해 문고리를

잡았을 때, 내가 문고리를 잡은 게 아니라 문고리가 오히려 내 손을 잡아채듯 한순간에 물 묻은 손과 문고리가 함께 버썩 얼어버리던 그 손끝의 기억이 아직도 그 시절의 눈 고장을 추억하게 하는 것이다. 그 많고도 많은 눈 위에서 우리가 탈 썰매를 우리가 직접 만들던 손끝의 추억이 아직도 그 추위를 축제처럼 기억하게 한다.

도시의 추위는 아이들을 움츠러들게 만들지만, 산촌의 추위는 아이들을 그 추위만큼이나 맹렬하게 만든다. 상상해보라. 대관령 꼭대기에서 그 눈밭을 딛고 서서, 저 멀리 태평양을 향해 연을 날리는 소년의 기분을.

어른이 되어 우리는 그것을 '추위의 기개'라고 불렀다.

어릴 때 우리는 버들피리를 '줄레' 라고 불렀다. 버들피리 만들러 가자, 하는 말을 줄레 틀러 가자! 라고 했다. 그것이 왜 '만드는 것' 이 아니라 '트는 것' 이냐면 연필보다 가는 버드나무 가지를 꺾어 그것의 껍질과 속의 흰 나무가 따로 놀도록 먼저 껍질을 비튼 다음, 속의 나무를 빼내야 하기 때문이다.

버드나무야말로 집집마다 있는 게 아니어서 학교 갔다 오는 길 냇둑에서 동네 아이들이 한군데 책 보따리를 모아놓고 저마다 열 개쯤 줄레를 튼다. 줄레의 굵기와 길이에 따라 저마다 나는 소리도 달라 한꺼번에 대여섯 명이 불면 그야말로 줄레의 봄 합창이 된다.

그렇게 틀어온 줄레를 동생도 나눠주고 누나도 나눠주고, 또 남는 것은 내일을 위해 물동이에 담아둔다. 그러지 않으면 밤새 줄에 껍질이 말라버리기 때문이다. 그러나 낮 동안에는 아무리 시끄럽게 불어도 어른들이 뭐라고 하지 않지만 밤엔 절대 불면 안 된다. 그 소리를 듣고 뱀이 집 안으로 몰려든다고 어른들이 질색을 하며 야단을 쳤다.

이젠 시골 마을에도 줄레를 틀 줄 아는 아이가 거의 없다고 했다. 그것 말고도 재미있게 놀 일이 많기 때문이다.

* 줄레 : '호드기' 의 방언

5월의 눈을 위한 기도

어제 내 고향 대관령에 눈이 내렸다. 잠시 내리는 시늉만 한 것이 아니라 진부에서 소금강 쪽으로 넘어가는 진고개 길이 4월 마지막 폭설로 차량운행이 전면 통제되었다고 한다.

그러면 나는 정말 신이 난다. 봄눈에 대한 내 그리움과 흥분은 그렇다. 나는 매년 그해의 첫눈이 언제 내릴까, 하는 것은 별로 궁금하지 않다. 10월 하순에 내리든 11월 초순에 내리든 온 듯 만 듯 잠시 나부끼다 사라지는 첫눈에 대해서는 나 역시 그 눈의 인색함만큼이나 냉담하다.

매년 내가 마음속으로 기다리는 눈은 '5월의 눈'이다. 그해 마지막 눈이 늦으면 늦을수록 광적으로 흥분하고 경배하는 '5월 눈'의 신도다. 어느 해인가 배추농사를 지으러 올라간 대관령에서 5월의 눈을 본 적이 있다. 그리고 향로봉 아래에서 군대 생활하던 시절, 온 산을 붉게 물들이며 피어난 철쭉을 단 한순간에 그대로 하얗게 덮어버리던 5월의 폭설을 본 적이 있다.

그러고는 아직 너의 모습을 보지 못했다. 매년 기도하듯 기다리는데도 오지 않았다. 어제 내린 4월의 끝눈아, 며칠 후 한 번 더 그렇게 내려다오. 그러면 그날 만사 제쳐놓고 나 대관령으로 가 너를 맞으리.

푸른 수수깡을 씹던 시절

지난가을, 어떤 음식점에 갔다가 그 집 마당에 심어놓은, 이제 막 제 입 속의 솜을 내뱉기 시작하는 목화 몇 포기를 보았다. 너무나 반가워 아이에게 이게 바로 목화라고 일러주자 아이는 그걸 옆에 철 늦게 피어 있는 부용꽃 바라보듯 무심하게 바라보는 것이었다.

하기야 아이가 목화를 반가워해야 할 이유도, 신기해야 할 이유도 없었다. 그것은 그저 숱하게 처음 보는 들풀 중 하나일 뿐이었다.

어린 시절, 우리는 늘 단것에 목이 말랐다. 한겨울, 가마에

엿을 고을 때 말고, 또 어머니가 부엌 찬장 깊숙이 감추어놓은 당원에 손을 대지 않고 우리가 단것을 맛볼 수 있는 방법은 두 가지밖에 없었다.

하나는 새파란 수숫대를 꺾어 그 안의 물기 가득한 푸른 수수깡을 질겅질겅 씹는 것이었고(사탕수수뿐만 아니라 모든 수숫대에는 그렇게 미량의 사탕 성분이 있다), 또 하나는 새파란 면화를 따서 질겅질겅 씹는 것이었다. 그러나 둘 다 어른에게 들키면 크게 야단맞을 일이었다.

그런 설탕이 물가지수 품목에서 빠진 지도 이미 오래다. 정말 아무 상관없을 것 같은 면화와 수수깡과 설탕 사이로도 시간은 흘러가고, 삶의 풍습도 달라져간다.

봄눈 속의 방학

며칠 전에 내린 눈은 서울 지방의 경우 3월에 내린 것으로는 백 년 만에 가장 많이 내린 눈이라고 한다. 예전에는 눈이 아무리 많이 내려도 길 위에 갇혀 지내는 경우란 거의 없었다. 우선 그렇게 길 위에 갇힐 자동차가 없었다.

이번 폭설로 충청도 지역은 하루 임시 휴교까지 했다는 애기를 들었다. 불편은 잠시고 아마 그곳에 사는 아이들은 평생 이 눈을 잊지 못할 것이다. 봄에 눈 때문에 휴교를 하는 경우야말로 백 년에 한 번 있을까 말까 한 일이 아니겠는가.

대관령 아래에서 자란 내게도 그런 '봄눈 방학'의 추억이 있다. 어느 학교든 입학식을 3 · 1절 다음 날인 3월 2일에 하는데, 어느 해인가 입학식을 하자마자 그날 오후부터 눈이 쏟아지기 시작해 다음 날도 그치지 않고 쌓여 그 주 내내 임시 휴교를 했던 것이다.

어릴 때 가장 즐거운 날이 학교를 가지 않아도 되는 날인데 어제 입학식 겸 개학식을 하고 돌아와 다음 날 눈 때문에 학교를 가지 않아도 되니, 그보다 더 기쁘고 신나는 일도 없었다.

그해 하늘나라의 선녀님들이 우리 학교 가지 말고 놀라고 봄이 되었는데도 흰 떡가루 같은 눈을 자꾸자꾸 뿌려주었던 것이다.

왜 닭에게 고추장을 먹이느냐면

어릴 때 시골에서는 닭을 밖에 내놓고 길렀다. 따로 먹이를 주는 것도 아니고 저희들끼리 돌아다니며 이것저것 주워 먹고, 모래목욕하다 날이 어두워지면 외양간 뒤쪽에 매달아 놓은 홰에 오른다.

닭을 어느 한 집만 키우는 게 아니어서 낮 동안 동네 닭들이 오랍들을 떼 지어 다닌다. 여남은 마리의 닭들이 몰려다녀도 주인은 그놈이 그놈 같은 닭들 가운데 어느 것이 자기 집 닭인지 귀신처럼 안다.

주인만 그렇게 아는 것이 아니라 닭들도 함께 모여 놀다가도 저녁때가 되면 자기 집을 귀신처럼 찾아간다. 집을 찾아가는 것이 아니라 잠자리를 찾아가는 것인데, 세 마리든 다섯 마리든 그 닭들이 매일 밤 홰에 올라앉아 있는 자리의 순서도 똑같다.

재미있는 건 낮 동안 가끔 이 집 수탉과 저 집 수탉이 동네 암탉 모두를 놓고 벌이는 패왕 자리의 쟁탈전인데, 이때 아이들에겐 우리 집 닭이 옆집 닭에게 지는 것보다 속상하는 일도 없다. 서로 벼슬을 쪼아대며 피를 철철 흘리며 싸운다.

김유정의 〈동백꽃〉에서 주인공이 점순이 집 닭에게 지고 온 자기 집 닭에게 달리 고추장을 먹이는 것이 아니다. 닭싸움을 바라보면 닭이 내가 되고, 내가 닭이 되는 것이다.

*오랍들 : 동네 뜰이라는 뜻의 순 우리말

할머니가 돌아가신 다음 어머니로부터 밥을 짓는 법을 배웠다. 위에 형들은 대처로 공부를 하러 나갔고, 집에서 농사지은 것들을 매일 장에 내다 팔아야 하는 어머니는 저녁 늦게야 집으로 돌아왔다.

어머니는 나와 여동생에게 어두운 광의 쌀독에서 쌀을 덜어낼 때 양을 가늠하는 법, 그 쌀을 자잘하게 홈이 파인 나무 구박에 담아 씻고 일어 돌을 분리하는 법, 부뚜막의 무쇠 솥을 깨끗이 씻어내고 거기에 쌀을 안치는 법, 보리와 콩 등의 잡곡을 미리 불리는 법, 쌀을 안칠 때 밥에 감자를 섞는 법,

밥이 질지도 되지도 않게 물을 잡는 법, 그리고 가장 중요한 것으로 아궁이에 불을 얼마만큼 때다가 멈추어야지만 밥이 눋거나 설지 않고 제대로 되는지 그 불을 가늠하는 법 등을 가르쳐주었다.

그래도 실수로 밥을 설게 할 때가 있고, 눋게 할 때가 있다. 그럴 때면 어김없이 "나이 열 살에 밥도 제대로 못 짓는 것이 커서는 무얼 제대로 하겠느냐"는 꾸중이 날아들었다.

돌아보면 밥을 짓는 일이야말로 우리에겐 먹고사는 일의 첫 지엄함이었던 것이다. '햇반의 시대', 그 지엄하고도 엄중한 것들의 의미가 쓸쓸히 사라져가고 있다.

꽃잎 사이로 부는 바람

며칠 전 서울에서 고향 사람들을 만났다. 무슨 이야기인가 끝에, 자기가 본 전국 각처의 꽃 얘기가 나왔다. 쌍계사 벚꽃 얘기도 나오고, 나주 배꽃 얘기도 나오고, 대관령 싸리꽃, 바람 부는 날 금가루처럼 날리던 송화 이야기도 나왔다.

그때 한 친구가 말했다. "아무리 그래도 봄은 역시 고향의 봄이야. 그래서 노래도 있잖아. 나의 살던 고향은 꽃피는 산골이라고. 어릴 때 학교에서 집으로 가자면 언덕 하나를 넘어야 하는데, 지금도 나는 잊혀지지 않는 풍경 하나가 있어. 우리 집이 보이는 언덕에 막 올라섰는데 저쪽에서 바람이 쏴

아, 하고 불어오는 거야. 그러니까 우리 집을 둘러싸고 있던 커다란 꽃 대궐에서 눈가루처럼 꽃잎이 날리는데, 그때 나는 어려서 그걸 어떻게 표현해야 하는지 몰랐어. 그러다 고등학교에 들어간 다음 '난분분하다'라는 말을 배웠는데, 그때부터 나는 언제 어디서고 그 말이 떠오를 때마다 내 어린 시절의 그 풍경이 떠올라."

그래. 누구에게나 자기 마음속에 그런 꽃 풍경이 하나씩 있다. 그 추억 속에선 늘 꽃잎 사이로 바람이 불고, 그 바람에 세상의 모든 꽃잎이 난분분하고…….

농부와 어부의 사돈 대접

옛날에 깊은 산골의 농부와 갯마을의 어부가 사돈을 맺었다. 농부의 딸이 어부의 아들에게 시집을 간 것이다. 시집 간 딸이 어떻게 사는가 궁금하여 농부가 바닷가 사돈집으로 갔다.

어부는 귀한 사돈이 왔다고, 바닷가에서는 그야말로 귀해서 정월 대보름날에나 겨우 입에 대는 산나물 반찬을 한 상 가득 대접했다. 농부는 딸을 고작 이런 집으로 시집을 보냈는가 싶어 한숨이 나왔지만 아무 소리도 않고 집으로 돌아왔다.

그러던 어느 날, 어부가 산골 사돈집으로 놀러 왔다. 농부는 지난번 일이 꽤씸하기도 하지만 산골에서는 그야말로 귀해서 조상 제사 때이거나 생일날에나 겨우 맛을 보는 미역국에 어물 반찬을 대접했다. 싱싱한 어물을 구할 수 없어 마른 어물을 대접했다. 어부 또한 무슨 손님 대접을 이따위로 하나 싶어 화가 났지만 아무 소리도 않고 집으로 돌아왔다.

어릴 때 〈이솝우화〉 속의 '여우와 두루미의 음식 대접' 보다 먼저 들은 얘기였다. 누구를 대접할 때 상대 입장을 먼저 헤아리라는 뜻이었다. 그 이야기를 하며 할머니는 '음식으로 의 상한다' 는 말씀을 하셨다. 아마 서로 못 먹고 못 살던 시절의 이야기일 것이다.

죽어서도 불명예스러운 이름

고향 동네에 '선거술 먹고 죽은 할머니' 한 분이 있다. 내가 아주 어렸을 때의 일이라 나는 그 할머니의 얼굴을 기억하지 못한다. 나이 든 사람들 말고는 동네 사람들 대부분이 그렇다. 아주 예전 어느 해 선거에 공술이 그렇게 뿌려졌으며, 그 공술을 얻어먹고 탈이 나 돌아가셨다고 했다.

그런데 그때부터 그 집은 동네에서 '선거술 먹고 죽은 할머니 집'으로 불리기 시작해 아직도 같은 이름으로 불린다. 동네에서 돌아가며 모내기를 하던 시절, 그 집 모내기를 하는 날이면 사람들은 '오늘은 선거술 먹고 죽은 할머니 집 모

내는 날'이라고 했고, 길가의 그 집 논을 말할 때에도 '선거
술 먹고 죽은 할머니 집 논'이라고 말했다. 또 그 집 아들이
거나 손자 중 누군가를 설명할 때에도 '선거술 먹고 죽은 할
머니 집 큰 손자' 하는 식으로 말했다.

어떤 악의를 담아 그렇게 부르는 게 아니었다. 그렇게 말
하는 게 서로 설명하기도 쉽고 알아듣기도 쉽기 때문이다.
나처럼 그 할머니를 잘 모르는 사람들도 그렇게 설명해야지
만 그 집 얘기인지 제대로 알아듣는 것이다.

얼굴은 모르지만 몇 년에 한 번씩 선거가 가까워지면 생각
나는 할머니다.

꽃에게, 햇빛에게 말을 거는 시간들

이층 서재에 앉아 창밖을 내다보니 단지 안의 봄 풍경이 그렇게 화사할 수 없다. 희고 붉은 철쭉이 만개한 가운데 정원에선 온갖 나무들이 저마다 잎을 키우고 있다. 꽃도 예쁘지만, 꽃보다 잎들이 더 예쁜 계절이 4월 하순이다.

어린 시절에도 늘 이렇게 갖가지 꽃나무와 잎들 사이에 앉아 있었다. 학교에서 돌아오면 아버지, 어머니는 논밭에 나가 있고, 그러면 혼자 뜨락에 앉아 눈에 들어오는 마당가의 나무들과 발밑을 지나는 개미들, 온 세상이 숨소리 하나 없이 조용한데도 제풀에 놀라 홰를 치는 닭들, 시간이 지날수록 점점 그림자를 길게 디밀어오는 햇빛, 그 사이로 부는 바람에게 말을 건다. 내 눈에 보이는 너희들의 모습, 너희들 눈에 보이는 내 모습을 내가 묻고 내가 대답한다.

어른이 된 지금도 창밖을 바라보며 그들에게 말을 건다. 그러다 가끔 아내에게 한마디씩 듣는다. "혼자 뭘 그렇게 중얼거려요?" 그러면 또 대답한다. "혼자가 아니야. 창밖의 봄이 자꾸 말을 붙여오네."

정말 꽃보다 잎이 더 예쁜 날들이다. 봄의 속살까지 보인다. 모두 눈을 돌려 창밖을 바라보길. 저 시간은 이제 우리에게 다시 돌아오지 않는다.

볍씨 담그던 날의 풍경

마당가에 커다란 단지와 함지가 나오고 부엌의 큰 물동이들이 나온다. 아니, 곳간에 잘 보관하고 있던 볍씨부터 내온다. 그 볍씨는 지난가을 추수 때 알곡이 가장 실했던 자리의 것을 따로 베어 보관해온 것이다.

그러나 그 볍씨 가마니 안에 들었다 해서 그 속의 알곡이 모두 볍씨가 되는 것은 아니다. 마당에 나온 저 크고 작은 그릇들이 다시 한 번 그들을 시험한다. 커다란 함지거나 고무 다라이에 물을 붓고 거기에 달걀이 절반쯤 물 밖으로 떠오를 만큼 소금을 타고, 볍씨를 붓는다. 볍씨들에게 이 시험은 가혹하다. 그냥 맹물이면 가라앉을 볍씨도, 그래서 못자리에 뿌리면 그런대로 싹을 틔울 볍씨들도 이 소금물 시험을 견디지 못하고 물 위로 떠오르고 만다.

그리고 제일 마지막에 볍씨를 담근 독에 부정 타지 말라고 금줄을 두른다. 힘들게 꼰 왼새끼 사이사이에 꿰어놓은 창호지 조각이 순한 바람에 나부끼고, 햇빛은 그 종이 위에서 배를 뒤집는다.

그것은 한 해 농사를 시작하는 성스러운 의식이며 기도였다. 이제는 이렇게 볍씨를 담그지 않는다. 고향의 봄을 떠올리는 나만의 추억 속 풍경이 되고 만 것이다.

북한강과 남한강이 합쳐지는 곳이 양수리다. 그곳 어디에 수종사라는 절이 있다는데 풍광이 빼어나다는 소문만 들었지 나는 아직 가보지 못했다. 내가 아는 것은 양수리의 푸른 물과 그 옆의 푸른 산이다. 그러나 올해는 이 봄이 가기 전에 꼭 그 절에 가서 풍경 소리를 듣고 와야겠다.

어제 공광규 시인의 《소주병》이라는 시집을 읽다가 갑자기 그런 감동을 받았다. 제목도 '수종사의 풍경'이었는데, "양수강이 봄물을 산으로 퍼 올려 / 온 산이 파랗게 출렁일 때 // 강에서 올라온 물고기가 / 처마 끝에 매달려 참선을 시작했다" 그것이 바로 수종사의 풍경이라는 것이다. 그 물고기의 살과 뼈는 햇볕에 날아가고 몸은 눈과 비에 얇아지고, "바람이 와서 마른 몸을 때릴 때 / 몸이 부서지는 맑은 소리"로 풍경이 운다고 했다.

그 시집에 실린 시가 모두 빈 병 밑바닥에 남아 있는 몇 방울의 소주처럼 투명하면서 아렸다. 시인은 시를 쓰는 동안 자신을 그렇게 소주병처럼 비워가는 모양이다. 그리고 우리는 시 한 편으로 수종사 풍경 아래에 서 있다.

잉크병이 얼어 터지던 밤

엊그제 강원 봉평 이효석 문학관에 다녀왔다. 그곳에서 만난 후배 소설가 김도연이 무슨 얘기 끝엔가 "형, 잉크가 얼어요?" 하고 물었다. 당연히 언다고 하자 그는 다른 것도 아니고, 어떻게 글씨를 쓰는 잉크가 얼 수 있느냐고 되물었다.

가만히 생각해보니 아직 마흔이 안 된 그는 멋으로 만년필은 써봤어도 양철 펜촉 끝에 잉크를 묻혀 글씨를 써본 세대가 아닌 것이었다. 초등학교에서 중학교로 들어가며 우리는 시커먼 교복을 입고 가방 속에 펜대와 잉크를 넣어 다녔다. 펜대가 없으면 '모나미 볼펜' 뒤꼭지에 펜촉을 끼워 쓰기도 했다.

　예나 지금이나 대관령의 추위는 매서워서 낮 동안 패놓은 참나무 장작조차 '쩡쩡' 소리를 내며 얼어버리는 밤, 윗목 책상 위의 잉크병이 웃풍에 얼어 터지기도 했다. 그걸 모르고 그냥 챙기거나, 뚜껑을 제대로 안 닫은 잉크병을 넣었다가 책 모서리마다 새파랗게 잉크물이 들던 낭패스러운 경험도 해봤다.

　그때 볼펜은 글씨체를 나쁘게 한다며 꼭 펜으로만 글씨를 쓰게 하던, 아버지 같던 선생님도 이제는 참 많이 늙으셨을 것이다. 더러 읍내에서 보아도 약주 한잔 대접 못 하고 세월만 흘러가고 말았다.

엿을 고던 날의 풍경

어린 시절 큰 명절이 다가오면 음식을 장만하는 데 가장 많이 사용하는 게 바로 가마였다. 평소엔 짚을 썰어 쇠죽이나 끓이던 가마에 두부를 끓이고 떡을 찌고 엿을 곤다.

첫새벽에 일어나 쇠죽 한 번 끓여 퍼낸 다음 오후나 저녁 때까지 그 가마를 이용해 다른 음식을 만드는 것이다. 떡을 찌는 일이야 그렇게 오래 걸리지 않지만 엿을 고는 일은 거의 하루 종일 걸린다.

오후가 되어 가마솥의 엿물이 줄어들기 시작하면 누가 부르지 않아도 저마다 밖에서 놀던 어린 형제들이 하나 둘 부

엌으로 모여든다. 가마 아궁이 앞에 제비새끼처럼 나란히 쪼
그리고 앉아 발그스레한 얼굴로 아궁이 속의 불을 보고, 또
목을 한껏 늘여 가마 속에 졸아드는 엿물을 바라본다. 어머
니가 젓는 주걱 끝에 조청이 길게 눌어붙기 시작하면 모두
입맛을 다시며 매직쇼 바라보듯 그것을 바라본다.

설도 축제지만 이미 여러 날 전부터 그것을 준비하는 하루
하루가 우리에겐 축제인 것이다. 마당가엔 허리 높이까지 눈
이 쌓이고, 엿을 고는 날의 안방 구들은 그냥 발바닥을 대고
서 있기조차 뜨겁다. 어른들은 뼈를 굽는 날이라고 했고, 우
리는 일 년에 며칠 양껏 단것을 맛보는 날이었다.

봄이 오는 소리

산그늘 쪽도 얼음장이 얇아진다. 가만히 귀 대고 들으면 얼음장 밑으로 졸졸졸 물소리와 함께 봄이 오는 소리가 들린다. 동네 한편 모래비탈엔 겨우내 얼었다가 풀린 모래들이 도르르 도르르 아래로 흘러내린다.

새끼를 가져 배가 불룩해진 들고양이가 너럭바위 위에 앉아 오후 볕에 배를 뒤집고 해바라기를 한다. 어디에 새끼를 낳는지는 모르지만 저 고양이가 첫배 새끼를 낳을 때면 모래사태 쪽의 모래들은 더 많이 흘러내릴 것이다. 저 모래사태 위에 얼기설기 줄기를 드러내고 있는 칡뿌리들도 조금씩 몸통을 불려갈 것이다.

여름엔 줄기를 뻗고 잎들을 키우느라 칡도 살이 찔 사이가 없다. 다들 잠자는 겨울, 칡은 땅속의 영양분을 빨아들여 무성하게 줄기를 뻗을 여름을 준비한다. 그래서 봄 칡이 가장 속이 알차다.

내 나이 열 살 때는 그렇게 한눈에 그림을 그리듯 우리 마을에 봄이 오는 길목을 짚었다. 어느 비탈의 산수유가 가장 먼저 꽃을 피우는지도 알았고, 어느 밭의 아지랑이가 가장 먼저 피어오르는지도 알았다.

그러나 지금은 애기를 듣고도 쉽게 그림을 떠올릴 수 없다. 마을도 달라지고 무엇보다 그때의 봄과 지금의 봄이 달라진 것이다.

아주 평화로워 보이던 마당

집에서부터 멀지 않은 곳에 정발산 성당이 있다. 그날 한강 하구의 일산은 말 그대로 '안개 낀 성탄절 밤'이었다. 열 걸음 앞이 안 보일 정도였다.

그 안개 속을 헤쳐 성당까지 걸어갔다. 처음엔 마당 안까지 들어가 볼 생각은 아니었다. 많은 사람들이 수런수런하는 소리가 너무 정답게 들려 나도 모르게 마당 안까지 들어가 보게 되었다. 누군가 내게 따뜻한 차를 나누어주었다.

대관령 아래의 산촌에 살았던 나는 중학생이 되어서야 처음으로 교회 건물을 보았다. 그래서 강릉 용강동의 천주교회는 지금도 내 마음 안엔 이 세상의 어느 교회보다 더 고전적이고 오래된 교회처럼 생각된다. 유럽의 오래된 교회 사진을 볼 때에도 그 위에 어린 날 내가 보았던 강릉 용강동 천주교회가 저절로 겹쳐지는 것이다.

이렇게 산골에서 태어난 나는 원래 나무에게도 기도하고, 절에 가면 꼭 절에 있는 부처님이 아니더라도 그 절의 아무것에게나 기도하는데, 어젯밤 성당에선 첨탑에서 땅바닥으로 늘어뜨린 오색 전구 트리에게 기도했다.

그냥 기도했다. 이 세상 모든 일이 지금 이 마당 안의 풍경처럼 편안했으면 좋겠다고. 안개 속에 참으로 평화롭게 보이던 마당 풍경이었다. 마당이 평화로우면 집안이 평화롭고 세상이 평화롭다.

어릴 때 배운 여름 속담

할아버지는 동네 게으른 일꾼을 보면 '밭에 떡전을 차리겠다'고 했다. 그 집 농사가 잘 되어 밭에서 바로 떡을 해도 된다는 뜻인가 했는데, 밭에 풀이 너무 많이 나서 거기에 떡을 쌓아놓아도 흙이 묻지 않는다는 뜻이라고 했다.

울 밑에 심은 호박순이 무성하게 자라 퍼드러지면 '양식 귀해 내쫓은 며느리도 다시 부르겠다'고 했다. 호박순만 가지고 된장 쌈을 싸 먹어도 한 끼 양식으로 넉넉하다는 뜻이다. 반대로 날이 가물어 호박잎이 축축 늘어지면 '올해는 사돈한테 그런 인심 쓰기도 어렵겠다'고 했다. '여름 손님은 친정 오라비도 반갑잖다' 는 말도 있다. 그만큼 바쁘고, 또 누가 와도 대접할 게 마땅찮다는 뜻이다.

그중에서도 할아버지가 즐겨 쓰시던 말은 인심에 대한 애기였다. 무슨 인심이냐면 '여름엔 말 인심이 호미 인심보다 크다' 고 했다. 매일 농사 일로 힘들고 고될 때 서로 좋은 얼굴과 좋은 말로 대하는 것이 '호미 인심(공짜로 밭을 매어주는 것)보다 더 큰 인심' 이라는 뜻이다.

도시의 삶이라고 무엇이 다르겠는가. 더운 여름날 한 직장에서 서로 말로 짜증나지 않게 하는 게 부조인 것이다.

냉장고에서 얼음을 꺼낼 때마다 아주 짧게 스쳐가는 영상처럼 여름에 얼음을 처음 보았던 때의 일이 떠오른다. 중학교 1학년 여름방학이 다가올 무렵이었다. 누군가 성남동에 있는 제빙공장 얘기를 했다. 공장에서 얼음을 얼려 꺼내는 시간이 있는데, 그 시간을 잘 맞추어 가면 작은 얼음 한 덩어리를 얻을 수 있다는 것이었다. 산촌에서 자란 나는 그때까지 여름 얼음을 보지 못했다.

학교가 끝난 다음 친구들과 우르르 제빙공장으로 달려갔다. 가서도 한 시간쯤 기다려 새하얀 얼음이 나오는 걸 보았다. 그중 한 덩어리를 매우 진귀한 보석처럼 얻었다. 마음은 이것을 그대로 집에 가져가 할아버지한테도, 또 동생들한테도 자랑을 하고 싶은데 집이 멀어 도저히 그럴 수 없는 것이었다.

"우추리? 우추리까지 가져가자면 두부 열 모만 한 걸 그것도 그냥 가져가면 안 되고 햇볕이 바로 안 쬐게 가마니에 잘 싸서 가져가야 할 거다. 그래도 우추리까지 가면 두부 한 모 크기밖에 안 남을걸."

언젠가 그 얘기를 하니 작은아들이 이렇게 말한다. "아, 그때는 얼음이 바로 나오는 냉장고가 없었구나." 언제나 입을 다무는 쪽은 나다. 너희들 말대로 즐!!

보릿가을에 대한 추억

내가 좋아하는 말 중에 '맥추(麥秋) 무렵'이 있다. 글자 풀이 그대로 보릿가을이다. 그렇다고 이걸 정말 가을로 생각하면 안 된다. 보리가 익는 시절이니까 바로 봄과 여름 사이 무렵이다.

어린 시절 할아버지는 같은 초여름 날씨도 '맥추'와 '맥추 이후'를 구분하여 쓰셨던 것 같다. 맥추보다 맥량(麥糧)이라는 말을 더 즐겨 쓰셨는데, 보리가 익을 무렵의 날씨는 봄과 여름의 한가운데이면서도 또 가을처럼 서늘한 맛이 있다고 했다.

　그러나 이젠 어디를 가더라도 보리밭을 쉽게 볼 수가 없다. 아직 익지 않은 푸른 보리밭에 한 줄기 바람이 불고 지나가면 이제 막 팬 이삭들이 서로 얼굴을 부딪치며 물결처럼 나부끼는 그 바람결의 모습을 다시 볼 수가 없다.

　할아버지는 우리에게 이 세상에 가장 넘기 어려운 고개가 보릿고개라고 했고, 세월이 흘러 우리 아들은 불경스럽게도 그것을 입 안에서 이쪽저쪽으로 왔다 갔다 하는 밥이라고 부른다.

　친구에게 전화를 했더니 원주에 가면 시내로 들어가는 길 옆에 제법 큰 보리밭이 있다고 한다. 이젠 내 입으로 들어오는 곡식들이 익어가는 모습을 제대로 보고 살아야겠다. 그게 자연에 대한 인사인 것 같다.

우리가 붙인 별자리의 이름들

산촌의 저녁밥은 늘 늦다. 어른들이 논밭에서 늦게 돌아오기 때문이다. 저물어 밭에서 돌아온 어머니가 저녁을 지을 동안 우리는 마당에 멍석을 깔고 저녁 먹을 자리를 마련한다. 멍석 옆에 모깃불도 피운다.

주위는 점점 어두워지고 밤하늘의 별은 그대로 밥상에 쏟아져 내릴 듯 초롱초롱하다. 그 시절엔 은하수의 자잘한 가루까지도 헤아릴 만큼 눈이 좋았다. 저녁을 다 먹으면 형제들이 멍석에 누워 별을 바라보며 학교에서 배운 별자리를 찾아보기도 하고, 움직이는 별처럼 아주 천천히 밤하늘을 가로

질러 떠가는 인공위성을 찾아내기도 한다.

지금도 잊을 수 없는 것은 그때 우리가 붙인 별자리의 이름들이다. 지금의 골프채 같은 '곰배자리'도 있고, '새총자리'도 있고, '주전자자리'도 있다. 어떤 별자리는 너무 억지로 그림을 만들어 붙인 것이라 형제간에 말이 되느니 안 되느니 작은 다툼을 벌이기도 한다.

그럴 때 판정을 해준 사람이 아버지였다. 그때는 아버지의 말이라면 무엇이든지 바르고 옳게 느껴졌는데 돌아보니 나와 형이 다투면 내 편을 들어주었고, 나와 동생이 다투면 동생 편을 들어주었다.

대보름 달맞이의 추억

매일 아침 둥근 해가 바다에서 떠오르듯 보름날 저녁 쟁반처럼 둥근 달도 바다에서 떠오른다. 그래서 정월 대보름날 저녁, 마을마다 아이들이 바다가 보이는 뒷동산에 올라가 달맞이 횃불을 돌린다.

빈 깡통을 주워 와 대못으로 구멍을 숭숭 뚫고 철사 줄로 단단히 연결해 그 안에 잘게 쪼개 넣은 불쏘시개에 불을 붙여 돌리는 것이다. 우리는 그것을 '망월이 돌리기'라고 불렀다.

마을마다 횃불의 크기와 함성에 대한 경쟁도 대단해 부락의 크고 작은 산들은 그날 하루 오직 달만을 경배하는 어린 망월군 병사들의 성채처럼 봉화가 오른다. 멀리서 바라보면 서로 원을 돌리며 빙빙 돌아가는 망월 깡통의 군무가 어지러운 듯하면서도 질서 정연하다. 적게는 대여섯 개, 많게는 수십 개의 횃불이 어둠 속에 오륜기 안의 무늬처럼 겹쳐서 돌아가는 장관을 연출하는 것이다.

그러나 지금은 이렇게 하는 마을이 없다. 마을마다 달맞이하러 뒷동산에 오를 아이들이 없는 것이다. 그러나 늙으신 부모님들은 마당가로 나와 달을 보고 기도한다. 객지에 나가 사는 아들딸들이 오늘이 보름이라는 걸 알기나 하는지, 오곡밥이나 해먹었는지, 객지에서 아프지 말고 제대로 밥 먹고 살게 해달라고 달님에게 빌고 또 비는 것이다.

가위가 있던 자리

내 기억 속에 가장 오래된 가위는 사랑방에 있는 할아버지의 작은 사물함 안에 접칼과 함께 들어 있었다. 우리는 그걸로 종이 한 장 제대로 자를 수 없을 만큼 이가 잘 맞지 않는 가위였는데, 할아버지는 그 가위로 사각사각 수염을 다듬었다. 《삼국지》에 나오는 관우와 장비의 중간 길이쯤 되는 유비 수염이었다.

그 다음 오래된 가위는 어머니 반짇고리에 들어 있었다. 옷감을 자르는 가위였는데, 어린 시절 그 가위는 우리에게 조금은 공포의 대상이었다. 어머니는 우리 형제들의 손톱을 가위로 깎아주었다. 열 손가락 중 어느 한 손가락은 매번 너무 밭게 깎아 늘 손톱 끝이 아리곤 했다. 아직 우리의 고사리 같은 손을 다듬기엔 그 가위가 쓰임새만큼 날렵하지도 않았고 또 작두만큼이나 컸던 것이다.

며칠 전 고속도로 휴게소에서 신기에 가까운 솜씨로 순대를 칼이 아니라 가위로 썰어주던 한 처자의 손놀림을 바라보며 나는 내 기억 속에 오래된 가위들을 떠올렸다.

어머니의 반짇고리에 있던 가위가 어느 결에 주방으로 나온 것이다. 오래지도 않은 세월인데 먹고사는 일이 그만큼 달라져가고 있다는 얘기일 것이다.

고래고기에 대한 어린 날의 추억

엊그제 부산에 갔다가 오랜만에 고래고기 맛을 보았다. 그러나 어린 시절, 대관령 산촌에서 자란 내가 어느 해 겨울 고래고기를 포식했다면 사람들은 믿을 수가 있을까.

그해 설 무렵, 부산에 볼일을 보러 떠났던 작은할아버지가 엄청나게 많은 고래고기를 사가지고 오셨다. 지금으로부터 40년 전쯤, 그 시절엔 어떤 식품도 기계 시설을 이용한 '냉동'과 '냉장'을 할 수 없었다. 그런 시설 자체가 전무하다 보니 부두에 잡아 올려놓은 고래고기의 값 역시 쇠고기와는 감히 비교할 수가 없고 돼지고기와 비교한다 해도 그보다 훨씬 가격이 낮을 수밖에 없다.

볼일을 마친 다음 작은할아버지는 부두에 나가 고래고기 100관(60kg)을 사서 소금범벅을 하여 가마니에 담는다. 부두에서 부산 역까지는 짐꾼이 옮기고, 그곳에서 영주를 거쳐 강릉까지 기차 편으로 짐을 부친다. 강릉 역에 내린 할아버지는 다시 짐꾼 두 사람을 산다. 한 사람은 고래고기 가마니를 지고, 또 한 사람은 할아버지의 다른 짐을 지고 우리 집으로 온다.

그렇게 동화 속의 세계처럼 눈 속에 파묻어놓은 고래고기를 아직 바다 구경도 못한 우리는 포식하고 또 포식했던 것이다.

그 시절의 전기 사기꾼들

내 고향은 전기가 참 늦게 들어왔다. 그런데 마을에서 몇 집이 잠시 전기를 사용한 적이 있었다. 새마을운동으로 초가집들이 모두 함석 지붕이거나 슬레이트 지붕으로 바뀌었을 때였다. 그러니까 우리 마을이 갑자기 잘사는 마을처럼 보였다.

그런 마을에 '전기 사기꾼'이 들어왔다. 집집마다 쌀 몇 가마니만 내면 '전기세도 내지 않는 전기'를 넣어주겠다고 했다. 텔레비전도 볼 수 있고, 서울에서 딸이 사서 보낸 전기 밥솥도 사용할 수 있다고 했다.

다른 말보다 '전기세도 내지 않는 전기'라는 말에 사람들이 혹했다. 그들은 집집마다 쌀을 걷어갔고, 쌀을 낸 집에 작은 발전기 하나씩을 달아주었다. 그런데 열흘도 가지 않아 마을의 모든 발전기가 멈추었다. 나중에야 그것이 사제 불량품이라는 걸 알았다.

후에 정식으로 전기가 들어올 때까지 마을 사람들은 그때의 일을 얘기하며 사기를 당한 것보다 그렇게 한번 전깃불을 켰던 방에 다시 등잔과 남포를 켜는 일이 더 힘들었다고 말했다. 그리고 그때 고등학생이었던 나는 어디에서나 잘난 척하고 싶어 그것을 '문명의 마약성'이라고, 나름대로 배운 티를 내서 말하다가 형으로부터 삼국지에 나오는 '허저의 학문'이란 조롱을 받았다.

라면이 처음 나온 것은 1963년이라고 한다. 이문구 선생의 소설 〈소〉에 서울로 이사를 가면 라면을 마음대로 먹을 수 있느냐고 묻는 딸의 이야기가 나온다.

처음 나왔을 때 라면 한 봉지 값은 10원이었다. 애개, 하고 말할 게 아니다. 그 10원이면 라면 다섯 배 분량의 국수를 살 수 있었다. 그래서 다섯 식구가 저녁으로 국수를 먹을 때 아주 가끔 특별한 날의 특별식처럼 10원짜리 국수묶음 하나와 10원짜리 라면 하나를 사서 함께 끓여 먹었다.

애석하게도 라면에 대한 나의 첫 기억은 온전히 라면만에 대한 게 아니라 그렇게 국수와 함께 섞어 끓여 밋밋한 국숫발 사이로 언뜻언뜻 모습을 드러내던 몇 가닥의 구불구불한 면발에 대한 기억이다. 스프 하나로 국수 한솥 맛을 냈는데도 그때의 국물 맛을 지금도 잊을 수가 없다.

그때 내가 음식에 대해 가장 충격적으로 들은 말이 '시내 천일여관 집 뚱땡이 딸이 학교 갔다 와서 매일 앉은자리에서 라면 두 개를 끓여먹는다' 는 것이었다. 지금 같으면 많이 먹는다는 말로 이해했겠으나 그때는 그 귀한 라면을 매일 한꺼번에 두 개씩이라니, 그 먹성의 낭비적 호사를 이해할 수 없었던 것이다.

입 안에서 왔다 갔다 하는 밥

요즘 집안에서 때 아닌 밥 전쟁을 겪고 있다. 아내와 나는 밥에 잡곡을 섞자고 하고, 아들은 그런 거 섞지 말고 그냥 하얀 맨밥을 달라는 것이다.

그래서 가끔 얘기하게 되는 게 어린 시절의 혼분식 추억이다. 그러나 이것도 어른들에게는 저마다 간직하고 있는 옛시절의 추억이지만, 아이들에게는 아무리 들어도 감동도 없는 엄마, 아빠의 가난한 시절 얘기다.

우선 잡곡의 대명사, 보리밥에서부터 아이와 어른의 의견이 갈린다. 집 앞에 '1080' 이라는 칼국수 집이 있는데, 국수를 주기 전 꼭 두 숟가락 분량의 꽁보리밥을 준다. 그것을 몇 점 나물과 함께 고추장에 비벼 먹는 맛이 우리에겐 각별하다. 그러나 막내아들은 집중이 안 된다고 한다.

"뭐가 집중이 안 되는데?" "이 보리쌀이요." "보리쌀이 왜?" "씹으려고 하면 잘 씹히지도 않고 입 안에서 왔다 갔다 해요." "옛날에는 이 보리쌀 안 섞으면 학교에 도시락도 못 싸오게 했어. 선생님이 점심시간마다 조사하고."

아무리 말해도 아이는 모르는 것이다. 그렇게 한 줌 두 줌 쌀을 아낀 돈으로 할아버지, 할머니가 아빠, 엄마를 공부시켰던 시절의 이야기를.

아직 얼굴을 보지 못한 사람

어린 시절 어느 소년이 어느 소녀에게 이런 편지를 쓴다.

"신문에 난 〈송아지〉라는 글을 잘 보았어. 나는 네가 살고 있는 강릉 시내에서 조금 떨어진 시골에 살고 있어. 너는 시내에서 살아 송아지를 한 번도 자세히 본 적이 없는데도 송아지에 대해 정말 글을 잘 썼더구나. 어떻게 하면 그렇게 글을 잘 쓸 수 있는지 궁금해. 나도 너처럼 글을 잘 쓰고 싶은데."

그리고 삼십 몇 년이 지난 어느 날, 어른이 된 그 소년과 소녀는 처음으로 이런 통화를 했다.

"이순원 선생님이시죠? 저도 고향이 강릉이에요. 이번에 예술의전당에서 〈명성황후〉를 공연하는데, 우리 신문에 관람기 좀 써주세요."

"김 기자님 고향이 강릉인 것 잘 압니다. 어릴 때 전국 글짓기대회 휩쓸었던 것도 잘 알고, 또 그때 읽은 〈송아지〉의 내용을 지금도 기억하고 있지요."

이쯤 되면 다들 그 소녀가 누군지 궁금해할지 모르겠다. 전에 동아일보 문화부에서 근무하던 김세원 기자. 지금도 나는 시골집에 내려갔다가 이웃집 외양간에서 송아지를 보게 되면 그 시절 김세원 어린이의 〈송아지〉를 떠올리게 된다.

언제 얼굴 한번 봐야 하는데 아직도 못 보고 있다.

우산이 귀하던 시절

언제나 집안에서 제일 먼저 일어나는 사람은 할아버지셨다. 우리가 일어나기 전에 할아버지는 이미 앞골 논과 건넌골 전답을 둘러보시고 돌아온다. 보통 때는 할아버지의 그런 흔적이 표 나지 않아도 비 오는 날은 사랑 쪽 마루에 놓여 있는 젖은 삿갓이 그것을 말해준다.

집 안에는 늘 우산이 부족하다. 시내의 중학교에 다니는 두 형은 언제나 집에서 제일 좋은 우산을 들고 학교에 간다. 검정 헝겊 우산이다. 그 다음 괜찮은 우산은 여동생 차지다. 나는 단 한 번도, 동생은 왜 좋은 우산을 주고 나는 안 주냐고 따지지 않았다. 어린 마음에도 나보다 여동생이 그 우산을 써야 한다는 걸 알았기 때문이다.

할아버지는 내게 삿갓을 쓰고 학교에 가라고 말씀하신다. 그러나 학교에 삿갓을 쓰고 오는 아이는 없다. 삿갓은 어른들이 논밭을 둘러볼 때 쓰는 것이지 학교에 쓰고 가는 물건이 아니다. 그것은 웃음거리다. 그걸 쓰고 가느니 차라리 비를 맞고 가는 게 낫다.

비 오는 날 마당은 언제나 우산 전쟁이다. 결국 내가 쓰고 가는 것은 비료포대로 만든 우비다. 그 시절엔 왜 그렇게 우산 하나도 귀하기만 했는지.

커피에 대한 첫 추억

내가 커피를 처음 구경한 것은 초등학교 5학년 때다. 연도를 계산하니 내 나이 열두 살 때인 1967년의 일이다. 우리 반의 길주 형이 베트남에 갔다 왔다. 그때 베트남에 대해서 우리가 가장 궁금해했던 것은 바나나였다. 대체 그것은 어떤 나무에서 열릴까. 나는 길주 형이 베트남에서 돌아오며 바나나라도 가져올 줄 알았는데, 그것은 보관이 힘들어 가져올 수 없다고 했다.

길주는 자기 형이 베트남에서 가져온 것 중에서 엄지손가락만 한 국방색 봉지 몇 개를 친구들에게 나누어주었다. 그런데 이게 완전히 '복불복'이었다. 운이 좋으면 설탕봉지가 차례로 왔고 운이 나쁘면 쓰고 텁텁한, 생긴 것과 냄새도 꼭 나무껍질을 바싹 구워 갈아놓은 것 같은 가루가 차례로 왔다. 지금 보니 미군들에게 보급되던 인스턴트 커피였던 것 같은데, 커피와 설탕이 한데 섞여 있는 것이 아니라 저마다 다른 봉지에 들어 있었던 것이다.

우리는 그게 뜨거운 물에 타 마시는 건지도 몰랐다. 그냥 '미국 놈들은 이런 걸 왜 먹는지 참 알 수 없다'고만 생각했다. 그런데 지금은 이 짧은 글 하나를 쓰는데도 두 잔을 마신다. 그러지 않고는 글이 나오지 않는다.

몽당연필 만들어보기

어제 가만히 책상에 앉았다가 갑자기 몽당연필을 만들어볼 생각을 했다. 짧은 연필을 보고 그런 생각을 한 게 아니라 '커터'라고 부르는, 장판을 자르고 도배지를 자를 때 쓰는 문구용 칼을 보고 떠올린 생각이었다. 왠지 그걸로는 뭐든지 잘 만들 수 있을 것 같은 생각이 들었다.

그래서 멀쩡한 연필 하나를 새끼손가락 길이만 하게 자르고, 또 다 쓴 볼펜 껍데기를 잘라서 옛날 방식으로 몽당연필을 만들어보았다. 그러는 동안 제법 집중이 되어 두 자루나 만들어 아이에게 내밀었다. 그러자 아이가 '우리 아빠, 꽤나

심심했던 모양이다' 하는 얼굴로 싱긋이 웃으며 연필을 받아
갔다.

어린 날 나도 아버지가 처음 몽당연필을 만들어주셨다. 그
러나 그때는 볼펜도 귀해 뒷몸통을 가는 대나무를 잘라서 썼
다. 마른 대나무를 쓰면 이어붙인 자리가 나중에도 단단한
데, 젖은 나무를 잘라서 만들면 벌써 다음 날이면 나무가 마
르며 구멍이 헐거워지는 것이다.

그렇게 만든 몽당연필을 내게 주시기 전에 아버지가 먼저 글
씨를 써보곤 하셨는데, 그때 쓴 글씨가 한자로 '성실' 이었다.

고무신이 있는 자리

새 운동화를 샀다. 신발을 사며 문득 든 생각이 신발에 대한 생각이 아니라 맨발에 대한 생각이었다. 내 발이 언제 맨땅을 밟아보았나, 생각해보니 그게 언제일지 모를 만큼 근래엔 그랬던 기억이 전혀 나지 않는다.

도시에서는 우선 맨땅을 보자 해도 멀리 나가야 한다. 설령 나간다 해도 바라보기만 할 뿐 맨발로 땅을 밟고 서 있기가 쉽지 않다. 일삼아 그렇게 해야 할 일이 없는 것이다. 풀밭 위에 양말을 벗고 서 있기도 왠지 꺼림칙하고, 맨발로 걸을 수 있는 길은 더더구나 우리가 살고 있는 도시 주변 어디에도 없다.

내 몸이 그리워하는 맨땅 맨 흙의 추억은 고향의 논밭 그 것이 아닌가 싶다. 논이야 물이 있는 곳이니 그곳에서 일을 하자면 으레 신발을 벗어야 하지만, 밭일 역시 맨발이 편하 다. 맨발로 밟고 선 흙의 감촉은 부드럽고 편해도 신발 속으 로 들어온 흙은 영 불편하고 짜증스럽다. 그래서 그때그때 벗어서 털기 편한 고무신을 신는다.

지금도 내 머릿속에 그림처럼 떠오르는 몇 개의 고무신이 있는데 할아버지와 내 것은 고향집 댓돌 위에 놓여 있고, 젊 은 시절 아버지와 어머니의 것은 건넌골 감자밭 가에 나란히 놓여 있다.

고구마 줄거리

여름 무더위에 바짝 가물다가 한차례 큰비가 내리고 나면 그 빗물을 받아 제일 먼저 새파래지는 곳이 바로 고구마 밭이다. 비 한줄기에 고구마 순이 온 밭의 온 두둑을 다 덮는다.

고구마가 잎이 너무 무성해지면 땅속의 씨알이 잘다. 땅속 열매로 가야 할 양분이 줄기로 다 올라오기 때문이다. 그러면 바로 순을 잘라줘야 한다. 그것이 바로 '고구마 줄거리'다. 그러나 요즘은 땅속 열매를 키우기 위해 순을 잘라주는 것이 아니라, 처음부터 나물을 얻기 위해 고구마를 심는 밭도 많다고 한다.

어릴 때 이렇게 비 온 뒤 고구마 순을 자르듯 감자밭에 가서 감자꽃도 참 많이 땄다. 꽃을 그냥 두면 꽃이 진 자리에 포도알만 한 열매가 조록조록 달려 땅속 감자로 가야 할 영양분을 뺏기 때문이다.

한때 대관령에서 배추농사를 지은 어린 농군이었던 적은 있지만, 이제 내 몸은 농사일을 기억하지 못한다. 비록 어린 나이였지만 땅에 대해서 마음으로도 정직했고, 몸으로도 정직했던 시절이 내게도 있었는데, 이제는 그걸 머리로만 기억하고 있다. 그러다 오늘처럼 고구마 줄거리로 만든 반찬이 식탁에 올라오는 날, 갑자기 그 시절의 내 노동이 그리워지는 것이다.

서리의 아름다운 추억들

어릴 때 시골에서 자라면서 동네 형들로부터 배우는 서리에 대한 몇 가지 금도가 있다. 서리를 하는 법 역시 형들로부터 배우는데, 이때 금도도 함께 배운다. 지금은 밀밭이 거의 없지만, 밀 서리를 할 땐 사람당 다섯 이삭 이상을 자르면 안 된다. 그 선을 넘으면 서리의 장난이 아니라 곡식의 작폐가 되기 때문이다.

감자 서리의 규율은 그보다 조금 엄격하다. 우선 하지(夏至) 전에는 감자밭에 절대 손을 대면 안 된다. 하루가 다르게 감자알이 굵어지는 시기여서 서리 역시 일단 하지가 지난 다음에 한다. 서리를 하며 포기를 뽑아서도 안 된다. 아직 알이 굵어지지 않은 감자가 땅속에서 계속 자랄 수 있도록 땅 밑으로 손을 넣어 포기당 굵은 감자 한두 알만 꺼내야 한다.

주로 밤에 이루어지는 참외 서리는 그보다 더 엄격하다. 서리를 하더라도 밭고랑만 밟고 다녀야지 밭두둑을 밟으면 안 된다. 서리로 참외 몇 개 따오는 게 문제가 아니라 자칫 밭두둑의 순을 잘못 밟아놓으면 그해 그 밭의 참외 농사를 완전히 그르치게 할 수도 있기 때문이다. 그래서 밭주인도 참외 서리꾼만은 후다닥 뒤를 쫓지 않는다.

등목의 즐거움

어린 시절 여름이면 등목을 참 많이 했다. 어떤 날은 하루에 대여섯 번 할 때도 있다. 동생과 함께 마당가 그늘에 금을 그어놓고 땅따먹기를 하다가도 조금만 더우면 우물가에 엎드려 형제가 서로 등에 물을 뿌려주었다.

우리 집 우물은 너무나 차가워 등목을 할 때 햇볕에 데운 물을 반쯤 섞어 써야 하는데도 이 개구쟁이 형제들은 서로 찬물 잘 참기 내기를 하느라 얼음처럼 차가운 지하수를 바로 등에 뿌려대곤 했다.

원래 등목은 한 바가지 정도의 물을 엎드린 사람의 바지가 젖지 않게 얌전하게 뿌려주는 것이다. 그러나 우리는 한번 등목을 시작하면 서로 등판에 오싹 소름이 돋을 때까지 찬물을 뿌려댔다. 등목이 아니라 옷을 입은 채 목욕을 한 것처럼 바지도 흠뻑 젖고 만다.

그러나 어른이 되어 서울에 올라오면서 등목의 즐거움을 잃어버렸다. 서울에서는 등목을 할 일도 없었고, 할 곳도 없었다. 우선 등목을 할 만한 마당이 있는 집을 갖지 못했다. 아니, 가졌다 하더라도 도시의 삶이라는 게 도시 등목과는 어울리지 않아 지금처럼 줄곧 욕실에서 샤워만 했는지 모른다. 등목은 역시 고향집 마당에서 해야 제 맛인 것이다.

어머니의 반짇고리

어느 집이나 어머니의 반짇고리는 그 집안 살림살이의 종합세트다. 어린 시절 나는 어머니의 반짇고리를 열어보는 것이 또 하나의 마술 세상을 바라보는 것처럼 즐거웠다. 어머니가 우리 몰래 반짇고리를 가지고 소꿉놀이를 하는 것이 아닐까 싶을 만큼 그 속엔 없는 것 없이 아기자기한 세상이 펼쳐져 있었다.

그중에서도 가장 기억나는 것이 골무다. 바느질을 할 때 쓰는 가죽 골무도 있었지만, 그보다 더 많은 것이 작은 복주머니 하나 가득 들어 있는 '고치 골무'였다.

시골의 들일은 늘 험해서 매발톱보다 억센 장정들의 손톱까지 갈라지고 헐게 만든다. 그런데도 풀은 사정없이 자라 그런 상태에서도 계속 논김을 매고 밭김을 매야 한다. 바느질에만 골무가 필요한 것이 아니라 들일에도 골무가 필요한데, 그 준비를 어머니가 하는 것이다. 봄가을로 누에를 쳐 고치를 딸 때 수십 개의 상한 고치가 나오는데, 그 고치의 한쪽 귀퉁이를 자르면 바로 골무가 되는 것이다.

지금도 내 머릿속엔 논으로 김을 매러 나가는 할아버지와 아버지의 손끝에 하얀 '고치 골무'를 끼워주던 젊은 어머니의 모습이 밀레의 '만종'처럼 남아 있다.

어린 날, 봇도랑 뒤지기

도시에서 태어나 도시에서 자란 사람들은 봇도랑이 무엇인지 잘 모를 것이다. 봇도랑은 냇물에 보를 막아 그 봇물이 논으로 흘러 들어가고 또 흘러나올 수 있게 만든 작은 도랑이다. 그러나 이렇게 설명해도 마을마다 그 봇도랑에 얽힌 시골 아이들의 추억까지는 짐작하지 못할 것이다.

어린 시절 여름방학이면 동생과 나는 거의 매일 하루도 거르지 않고 봇도랑을 뒤졌다. 내가 체를 들고 "화원아, 고기 잡으러 가자!" 이러면 동생은 얼른 주전자를 들고 따라나선다. 우리만 그러는 게 아니라 하루에 동네 아이들 열 팀은 그 봇도랑을 뒤진다. 그런데도 그 작은 봇도랑에 미꾸라지와 종개, 용곡지가 마를 날이 없었다.

지금은 봇도랑을 뒤질 아이도 없지만, 봇도랑에 노는 고기도 없다. 농약을 쓰기 시작한 다음 거의 씨가 말랐다. 수백 마리, 수천 마리가 밤하늘에 작은 불빛을 이을락 끊을락 날아다니던 반딧불이도 비슷한 시기에 자취를 감추었다.

그런데도 시골집 마당에 모이면 동생은 지금도 그때의 봇도랑을 얘기한다. 자기도 주전자 대신 체를 들고 고기를 잡고 싶었는데, 형이 한 번도 체를 주지 않았다고 지금도 술만 마시면 응석을 부리듯 투덜거린다.

저기 금가루처럼 뿌려진 저것은

“송홧가루 날리는 / 외딴 봉우리 // 윤사월 해 길다 / 꾀 꼬리 울면 // 산지기 외딴 집 / 눈 먼 처녀사 // 문설주에 귀 대이고 / 엿듣고 있다.”

박목월 선생의 ‘윤사월’이다. 중학교 때 이 시를 읽으며 한 가지 의문이 드는 것이 있었다. 모든 날짜를 음력으로만 챙기는 할아버지 덕분에 나는 윤사월이 어느 때인지를 잘 알고 있었다. 양력으로 환산하면 아무리 빨라도 5월 하순이거나 6월 초순이다. 높고 깊은 산도 송홧가루가 이미 지나간 계절이다.

송홧가루는 바로 지금이 제철이다. 아파트 주차장에 세워 둔 자동차 유리창에 노랗게 내려앉은 이것이 혹시 황사 먼지가 아닌가 오해받기도 하지만, 바람이 솔잎을 흔들고 지나갈 때마다 노란 금가루처럼 후두둑 흩날린다.

어릴 때 그것은 밤새 우물 위에 노랗게 내려앉기도 하고, 물을 대어놓은 논마다 날아와 바람에 이리 쏠리고 저리 쏠리며 곡식도 없는 황금들판을 만들기도 했다. 그중에서도 가장 인상적인 것은 볍씨를 담가놓은 함지 위에 내려앉은 송홧가루다. 그것은 꼭 한 해 농사를 축복하기 위해 볍씨 위에 뿌려진 금가루처럼 보였다. 내 농경의 추억은 늘 이렇게 원시적이고 자연적이다.

거울 속이 궁금했던 시절

어제는 모처럼 한가했다. 그런 한가함이 고마워 다시 어린 시절로 돌아가듯 몇 권의 전래동화를 읽었다. 그중에서도 '거울을 처음 본 사람'의 얘기가 마치 나의 어린 시절 얘기 같아 재미가 소록소록 했다.

그것이 처음이든 아니든 거울 속에 비친 자기 모습에 대해 신기해했던 어린 시절의 추억을 누구나 다 가지고 있다. 나하고 똑같이 생긴 아이가 왜 저 안에 있을까. 저 아이는 왜 밖으로 나오지 못하고 저 속에서만 살까.

그래서 그 아이 몰래 장롱 거울을 향해 아주 살금살금 다

가가 염탐을 하듯 빼꼼이 그 속을 들여다보기도 했다. 그때
마다 그 아이가 먼저 나를 기다리고 있는 것이 마냥 신기하
고, 또 궁금했다. 어느 땐 그 아이가 깜짝 놀라 튀어나오도록
거울이 붙은 장롱 문을 벌컥 열어보기도 했다.

그 아이에게 이렇게 물었던 것도 기억난다. "느 엄마도 우
리 엄마니?" "내가 밥 먹을 때 너도 그 속에서 밥을 먹니?"
그 아이는 대답하지 않았다. 돌아보면 그런 질문들이야말로
우리 마음 안의 보석들이었다. 어른이 되며 우리는 마음 안
의 그런 보석들을 너무 쉽게 길 위에 잃어버렸다.

선생님들의 별명

고등학교 동창들을 만나 밥을 먹고 술을 먹다 보면 꼭 그 시절 선생님들의 이야기가 나온다. 그런데 지금도 선생님을 이름 대신 별명을 부른다. 제자로서 예의가 없어서가 아니라 이름은 기억나지 않고 별명만 그렇게 오래 머릿속에 남아 있기 때문이다.

강릉은 좁은 곳이라 이웃 여학교에 있다가 남학교로 전근 오는 선생님들도 많았다. 같은 선생님의 별명도 여학생이 부르는 별명과 남학생이 부르는 별명이 다르다.

수업 시간 말을 많이 하면 입가에 거품이 북적북적 일어나는 선생님이 있었다. 여학교에 있을 때 그 선생님의 별명은 '하이타이'였다. 그러나 남학교로 오자마자 이틀 만에 그 선생님의 별명은 '게거품'으로 바뀌고 말았다. 별명을 붙이는 것에서도 여학생들보다는 남학생들이 확실히 무자비하며 인정사정 볼 것 없다는 식이다.

세월 앞에 장사가 없어 그때 젊으셨던 선생님들도 이제는 머리에 눈이 내린 것처럼 나이를 드셨다. 그리고 그때 어느 정도 나이 드셨던 분들은 더 늙으셨거나 더러는 이 세상을 떠나고 안 계신다.

그 시절 공부도 안 하고 속만 썩이던 제자들만 그때의 선생님 나이가 되어 그 시절 선생님들의 별명을 떠올리며 이미 가신 분들을 그리워하고 있는 것이다.

〈영자의 전성시대〉에 대한 추억

중·고등학교 시절 혹 그런 기억들 없는지. 아마 한 번도 없다면 거짓말일 '미성년 관람불가'의 영화를 학교 지도과 선생님들 몰래 들어가 보던 그런 비행 말이지.

그렇게 본 영화 중에 지금도 나는 〈영자의 전성시대〉를 잊을 수가 없다. 나는 그 영화를 고등학교 2학년 때 선생님들 몰래 오후 두 시간 수업까지 빼먹고 보러 갔었다. 염복순이라는 배우가 출연한 영화인데, 서울에서 이미 소문이 날 만큼 난 영화여서 우리가 사는 소도시에서는 '다음 프로'라는 이름으로 그것이 걸릴 때부터 난리가 났었다.

지금 생각하면 참 아픈 내용의 영화인데 그때는 아프게 본 것이 아니라 그저 한없이 야하게만 보았다. 그것이 참 아픈 내용이었구나 하는 것을 뒤늦게 깨달았을 때 염복순 씨는 더 이상 스크린에 모습을 비추지 않았으며, 상대역의 송재호 씨는 중년의 연기를 시작했고, 그때 미성년의 관객이었던 나 역시 이미 어른이 되어 있었다.

다만 지난 다음 짐작할 뿐이다. 그때 어른들의 세계에 대한 참을 수 없는 호기심이야말로 우리들의 성장통이 아니었는지.

쓸데없는 데 돈 쓰는 재미

단오가 시작되었다. 단옷날은 하루지만 강릉 시내 남대
천에서 벌어지고 있는 단오놀이는 우리 어린 시절에도 닷새
쯤 갔다. 굿판도 오래갔고, 제일 크게 터를 잡은 곡마단 패거
리들도 한번 천막을 친 김에 열흘쯤 장사를 했던 것 같다.

우리 같은 시골 아이들은 일 년에 한 번 마음 놓고 시내 구
경을 하는 날이기도 하다. 할아버지를 따라가도 좋고, 할머
니를 따라가도 좋고, 아버지나 어머니를 따라가도 좋다. 나
는 세 번 다 따라가 보았다.

할아버지를 따라가면 사람 적은 그늘에서 지팡이만 잘 받

들고 있다가 온다. 할머니를 따라가면 종일 굿판에만 있고 싶어하신다. 아버지나 어머니를 따라가도 재미없기는 마찬가지다. 길가에서 파는 갖가지 기묘한 것들을 사달라고 하면 안 된다는 소리만 한다.

제일 재미있는 것은 형들을 따라가는 것이다. 형들을 따라가면 곡마단에도 들어가고, 길가에 있는 각종 뽑기와 야바위도 해볼 수 있다. 그런데 형들을 따라가면 재미는 있어도 하루 종일 배가 쫄쫄이다. 용돈을 두둑이 타가도 그렇다. 왜냐하면 우리는 어른들의 눈으로 보면 '쓸데없는' 데에다가 돈을 쓰는 게 더 재미있기 때문이다.

중학교에 입학해서 한 친구를 사귀었다. 스무 살이 넘은 누나가 있는 친구였는데, 그 집엔 '선데이 서울'이라는 잡지가 방 한 귀퉁이에 세 뼘쯤 쌓여 있었다. 친구 집에 가서 친구하고는 놀지 않고 하루 종일 '선데이 서울' 하고 놀았다.

우리 고모 방 달력에서나 볼 수 있는 여자들의 얘기가 죄다 거기에 있었다. 문희, 남정임, 윤정희 등 누구는 착하고 누구는 효녀고, 또 누구는 언제 어떤 영화를 찍을 것인지. 그 밖에 다른 기사들도 사랑과 배신, 연애 이야기가 주종을 이루었다.

다음 날에도 나는 친구 집에 놀러 갔다. 첫날 그 재미있는 책을 다 보지 못한 것이다. 아마도 기회를 봐서 서너 번은 더 놀러 갔을 것이다. 갈 때마다 친구하고는 놀지 않고 '선데이 서울' 하고만 놀았다. 그래서 거기에 쌓여 있는 그것을 어느 한 권 빼놓지 않고 다 읽게 되었다. 그러자 갑자기 내가 어른 들의 세계를 모두 알아버리고, 이 땅의 배우들에 대해 살아 움직이는 백과사전이 된 듯한 기분이 들었다.

몸이 더워지고 가슴이 뜨거워지는 어른들의 세계와 어른 들의 언어를 열세 살 산골 소년이 내 인생의 길잡이 '선데이 서울'을 통해 배워나가기 시작한 것이었다.

내 인생의 길잡이 '선데이 서울' 2

어제에 이은 내 인생의 길잡이 '선데이 서울' 두 번째 얘
기다.

그 시절엔 연예인의 브로마이드 사진이라는 게 거의 없었
다. 우리 집의 철없는(?) 고모는 배우들의 달력 사진을 오려
자기 방에 붙여놓았다. 바로 그런 시절에 '선데이 서울' 표지
를 열면 바로 그 다음 장에 죽 펼쳐보게 삽지된 여배우들의
비키니 수영복 차림의 와이드 컬러 사진은 그 자체로 또 하
나의 문화적 충격이었다.

그러나 그것만 가지고 '선데이 서울'을 내 인생의 길잡이

라고 말하는 것은 아니다. 와이드 컬러 사진보다 열세 살 소년의 몸과 가슴을 덥게 했던 것은 그 책 중간쯤에 나오는 '어찌하오리까' 였다.

서울에 함께 올라와 방을 같이 쓰는 고향 선배 언니가 집에 일이 있어 잠시 내려간 사이 선배를 찾아온 약혼남과 그만 넘어서는 안 될 선을 넘고 말았는데 이를 어찌하면 좋겠냐는 '구로동 어느 고민녀' 의 얘기를 필두로 전국의 수많은 고민녀들의 사연을 침을 꼴깍대며 읽었던 것인데, 아아 무정하여라.

그 이야기 모두가 그 잡지의 기자거나 자유기고가가 매주 한 꼭지씩 머리를 짜내 만들어낸 얘기라는 걸 서른 살이 넘어서야 알았던 것이다.

내 인생의 길잡이 '선데이 서울' 3

지난번에 쓴 '내 인생의 길잡이 선데이 서울' 두 번째 원고에 매호 표지 다음 장에 죽 펼쳐보게 끼워진 여배우들의 비키니 수영복 차림의 컬러 사진과 그 책 중간에 열세 살 소년의 몸과 마음을 짜릿하게 덥혀주던 '어찌하오리까' 에 대한 얘기를 했다. 그런데 그 '어찌하오리까' 가 사실은 그 잡지의 기자거나 자유기고가가 창작해낸 얘기였다는 것은 괜히 말했나 보다.

엊그제 대구에 사는 사십대 중반의 여자 독자가 메일을 보내왔다.

"지금에야 처음으로 고백하는 건데, 이건 아무도 모르는 얘기다. 선데이 서울 '어찌하오리까' 에 고2 때 원고를 기고한 적이 있었다. 원고가 채택되면 일정액의 사례금을 준다 해서 그만 용돈에 마음이 사로잡혔던 것이다. 쓰기도 그렇게 어려운 게 아닌 것 같아서, 그냥 이야기 끝에 '그래서 순결을 잃고 말았다' 고만 쓰면 될 것 같아서 내가 직접 시나리오를 만들어 써서 보내는데, 지금껏 '귀하의 글이 채택되었다' 는 소식을 받지 못했다. 그런데 그 이야기 전부가 잡지의 기자거나 자유기고가가 썼다니. 그런 사실도 나는 지금에야 알다니. 애고애고, 분하고 원통하다."

돌아보면 우리 모두의 추억이 어린 '선데이 서울' 이었던 것이다.

내가 기념일을 잘 잊는 까닭은

"오늘이 며칠이냐?"

어린 시절 사나흘에 한 번씩 할아버지께서 물으셨다. 이럴 때 "3월 30일이에요." 이렇게 대답하면 안 된다. 얼른 달력을 보고 "2월 열흘이에요. 윤달이구요." 이렇게 대답해야 한다.

할아버지는 모든 날짜를 음력으로만 계산하셨다. 양력 2일과 7일로 아예 못을 박고 있는 강릉 장날도 음력으로 다시 날짜를 번역(?)해드려야만 감을 잡으셨다. 그 아래 아버지와 어머니도 우리들의 학교 일 말고는 집안의 제사, 시제, 생일, 곗날 등 특별한 날들을 모두 음력으로 계산했다.

그 영향으로 가장 뒤죽박죽 된 것이 바로 나다. 일상의 모든 날들을 양력으로 계산하는 가운데 집안의 제사와 아버지 어머니의 생신, 그리고 형제들의 생일과 내 생일은 음력으로 챙기고, 내가 어른이 된 다음의 일인 결혼기념일, 다른 집에서 자라 시집을 온 아내의 생일, 아이들의 생일은 양력으로 챙긴다.

예전에 국한문 혼용 세대가 있었듯 나야말로 이 땅의 마지막 양·음력 혼용 세대인 것이다. 아내는 그것 역시 핑계라고 말하지만 내가 남보다 집안의 기념일을 잘 잊어버리는 것도 어쩌면 그래서인지 모른다.

꿀과 설탕과 백세주

어릴 때 어머니로부터 들은 강릉 시내의 어느 부잣집 애기다.

"그 집에는 설탕을 아주 포대째 갖다 놓고 먹는다더라."

내년이면 중학교를 가는데도 나는 아직 설탕 포대를 본 적이 없었다. 작은 봉지에 든 설탕만 봤지 설탕이 커다란 포대로도 나온다는 사실조차 몰랐다. 그때까지 내가 알고 있던 포대는 시멘트 포대와 비료포대뿐이었다. 어쩌다 여름날 수박 화채를 만들어 먹을 때에도 설탕이 너무 비싸서 우리 집은 사카린으로 만든 당원을 썼다. 어릴 때 떡으로 꿀은 찍어

먹고 자랐어도 설탕은 마음껏 찍어 먹어본 적이 없다.

몇몇 설탕 생산국을 제외하곤 세계 각국의 일인당 국민소득과 일인당 설탕 소비량이 딱딱 맞아떨어진다는 얘기를 들은 건 중학교 2학년 지리시간 때였다. 그 나라가 얼마만큼 잘사느냐를 설탕 소비량으로도 짐작할 수 있다는 얘기였다. 지금으로부터 꼭 삼십 몇 년 전의 일이었다.

쌀과 연탄 다음으로 귀한 생필품이어서 물가가 오를 때 그 주요품목 안에 늘 설탕이 있었다. 그런 설탕이 언제부턴가 물가지수 품목에서조차 빠져버렸다고 했다. 그럼 뭐가 들어갔는데? 하고 묻자 예전 설탕공장에 다니던 그 친구는 이렇게 대답했다.

"백세주."

짚불구이 집을 바라보며

동네 바깥에 새로 '짚불구이' 집이 생겼다. 나는 그 집에 가보지 않았다. 그 집뿐만 아니라 아직 어떤 짚불구이 집에도 가본 적이 없다. 짚불로 무얼 구워 먹는지 알 길도 없고 궁금하지도 않다.

다만 한 가지 노여운 생각이 들기는 한다. 대체 저 집 주인은 그 짚으로 새끼 한 발이나 제대로 꼬아본 적이 있기나 한 사람인지. 예전에는 나락을 털어낸 짚 한 단도 함부로 하지 않았는데, 지금은 그 짚들이 다 어디에 가서 어떻게 쓰이는지.

우리 어린 시절엔 그걸로 지붕도 올렸다. 동네 사랑방에 모여 꼬는 새끼는 물론이고 멍석이며 맷방석도 짚으로 짜고, 소여물도 짚으로 쑤었다. 그래서 집집마다 마당가에 따로 짚가리가 있었다. 눈비 속에 겨울이 지나고, 봄이 지나고, 다시 장마 속에 여름이 가고 새 짚이 나올 가을까지 그 짚을 썩지 않게 잘 관리했다. 집집마다 그 짚만큼 유용하게 쓰이던 물건도 없었기 때문이다.

아무리 시절이 바뀌었다 해도 그런 짚을 태워 무얼 구워 먹다니, 내 농경의 숭고한 기억에 대한 그 불경함을 도대체 이해할 수 없는 것이다.

이웃

서울을 무서워하는 사람들

서울에 사는 아들딸 집에 다니러 왔다가 이틀도 못 참고 다시 부랴부랴 시골집으로 내려가는 어른이 우리 집에도 두 분이나 계신다. 그런 어른들뿐만 아니라 서울에 일을 보러 왔다가 그날 안으로 다시 시골로 내려가는 또 한 명의 친구가 있다. 그러지 말고 하루 자고 가라고 붙들면 왠지 서울에선 잠을 자는 것조차 불안해 그냥 내려가야겠다고 말한다.

십여 년 전 버스를 타고 서울에 와 강남고속버스 터미널에 내려 다시 전철로 목적지인 청량리 어느 교회까지 왔다가 돌아가는 동안 지하도와 길거리에서 내미는 대로 받은 명함이 열아홉 장인데 그게 모두 싼 이자로 돈을 빌려주거나 카드대출을 해주겠다는(친구 말로는 '너를 망하게 해서 내가 살겠다' 는) 광고 명함이었다고 한다. 그리고 또 한 번 놀란 것은 일을 보러 올라와 서울의 어떤 동네를 지나가는데 대낮에 길가에 세워놓은 자동차마다 여자의 얼굴과 전화번호를 찍은 명함이 여남은 장씩 유리창에 끼워져 있더라고 했다.

친구는 그런 서울에서 잠을 자고 간다는 게 영 싫고 꺼림칙하다고 했다. 그걸 일상처럼 여기고 사는 나는, 우리는 참 강심장이다.

아버지들이 드린 선생님 선물

그날이 스승의 날이라는 걸 알아서 그랬던 것은 아니다. 어린 자식에게 글을 가르쳐주는 것이 고마워 선자 아버지는 안곡 약수터 약수를 한 주전자 받아 선생님께 보낸다. 선자는 이 손 저 손 바꾸어가며 주전자를 들고 학교로 온다.

그날 선생님 책상 위엔 또 하나의 주전자가 놓여 있다. 명희 아버지도 집에서 몰래 담근 밀주 단지 위에 뜬 청주 한 주전자를 걸러 명희 편으로 보냈다. 그 주전자 역시 촐랑촐랑 길가에 술을 흘려 교실까지 왔을 땐 절반 조금 더 남아 있었다.

아직 공부도 시작하지 않은 아침에 명희가 말한다. "우리

아버지가요, 그거 오래 두면 쉰다고 빨리 자시래요.” “그
래?” 선생님은 주전자를 들어 그 자리에서 물처럼 벌컥벌컥
한 모금을 마신다. “카아, 좋다. 아버지한테 선생님 아주 좋
아하더라고 해라. 선자도 그렇게 말하고.” “예.” 우리는 합창
을 하듯 박수를 친다.

　오늘은 강릉에 계신 스승님께 전화를 드려야겠다. 가끔 내
려가 얼굴도 뵙고 해야 하는데, 마음만 그럴 뿐 늘 걸음이 멀
다. 우리 어린 가슴에 참으로 따뜻하게 내일을 밝혀주시던
권영각 선생님. 멀리서 제자가 절을 올립니다.

엄마들은 언제 우는가

동네에 자랄 때부터 정말 부모 속을 썩이는 형 하나가 있었다. 동으로 가라면 서로 가고, 서로 가라면 북으로 가고, 일어서라면 주저앉고, 주저앉으라면 누워버리는 형이었다.

동네 사고는 다 맡아놓고 쳤다. 그 형이 빠지면 한겨울 닭서리도 없었다. 밖에 나가기만 하면 싸우고 들어와 찾아오는 사람도 많았다. 사나운 개 콧등 아물 날 없다는 식으로 얼굴에 늘 반창고가 몇 개 붙어 있곤 했다.

그때마다 그 형 어머니가 말했다.

"아이구, 저 귀신 호랑이나 꽉 물어가거라. 하늘의 귀신들은 왜 배곯는지 몰라. 저런 놈 안 잡아먹고."

그래도 물어가는 호랑이가 없고 잡아먹는 귀신이 없어 그 형이 군대에 가게 되었다. 그때에도 그 형 어머니, 너무나 시원해 울지 않았다. 다른 어머니들은 다 우는데도 그랬다.

그러던 어느 날, 그 형 어머니가 아무도 없는 집 안에서 대성통곡을 했다. 정말 호랑이가 오거나 귀신이 내려온 줄 알았는데, 뜻밖에도 부대에서 온 소포 뭉치 하나를 끌어안고 있었다.

'이 소포물은 귀댁의 자제가 입영 시 착용했던 옷과 신발입니다.'

이 땅의 어머니들한텐 호랑이보다 더 무섭고 안타까운 게 바로 그것이었다.

6학년 때 반장의 영향력

얼마 전 초등학교 동창들이 졸업 35주년을 기념하여 예전에 수학여행을 가듯 1박2일 여행을 다녀왔다. 어른들의 여행인데도 출발지에서 자동차를 나누어 타는 일, 목적지에 도착해 방을 배정하는 일, 밥을 먹고 술을 마시고 노래를 부르는 일, 모든 것이 6학년 때 반장의 지시에 따라 이루어졌다.

내일모레면 나이 오십이 되는 아줌마, 아저씨들이 자기 방의 부족한 베개와 모기약까지 숙소 종업원에게 바로 얘기하지 않고 일일이 반장을 불러 그것을 해결해달라고 말했다. 하긴 고등학교 동창들을 만나면 고등학교 교실로 돌아가고,

초등학교 동창들이 만나면 초등학교 교실로 돌아간다더니 꼭 그런 식이었다.

그런데 가만히 보니 남자보다는 여자친구들이 반장을 더 많이 찾는 것 같았다. 학교를 졸업한 지 35년이 지나도 옛날 여자친구들에게 '6학년 때의 반장'이 차지하는 추억의 상징성과 영향력은 아직도 엄청나 보였다. 그 시절 어느 학교 어느 교실에서나 '6학년 반장'은 같은 반 여학생들 절반 이상의 첫사랑의 대상이기도 하며, 조금 더 과장하여 말하면 아버지 다음으로 이 세상 남자들을 바라보는 잣대이기도 했던 것이다.

11미터쯤 되는 30센티 자

얼마 전 어떤 어른으로부터 이런 얘기를 들었다.

"나이가 칠십이 돼가는데도 아직 신발 잃어버리고 그걸 찾으려 안절부절못하는 꿈을 꿔. 좋은 신발이기나 하나. 어릴때 신던, 말 그대로 '나무 게다'를 말이지."

나 역시 마흔일곱 살 나이에 아직도 바지를 걷고 종아리를 맞는 꿈을 꿀 때가 많다. 무슨 일 때문인지는 기억나지 않지만, 초등학교 1학년 때 선생님이 30센티 대나무 자로 우리의 종아리를 때리셨다. 최초로 선생님에게 매를 맞은 기억이다.

그때 내가 안타까워했던 것은 매를 맞는 아픔이 아니라 그

것이 내 차례에 와 내 종아리 위에서 갈라지던 아픔이다. 어린 마음에 그것만 안타까웠다. 선생님의 자가 내 종아리 때문에 갈라지구나, 하고 그게 참 아깝고 죄송스러웠다.

얼마 전 인사동 거리에 나가 '오래된 가게'에서 30센티짜리 대나무 자를 보았다. 그런데 믿을 수가 없었다. 그게 그렇게 짧다니. 내 기억 속에, 그리고 아직도 가끔 꿈속에 나타나기도 하는 그것은 1미터쯤은 되어 보이는 자였는데. 이게 정말 30센티 자 맞느냐고 묻고 또 물었다.

이제 그 선생님도 백발이 성성하실 거다. 아직도 그 이름을 잊을 수 없는 최현철 선생님. 어디 계시나요?

논에 나가 새 보기

나는 식당에 가면 절대 내 몫의 밥을 남기지 않는다. 그릇에 밥알 몇 개 붙여놓지도 않는다. 그러면 꼭 죄를 짓는 듯한 느낌이 들어 먹기 싫어도 억지로라도 다 먹는다.

아마도 이래서 생긴 버릇 같다. 2학기가 막 시작되면 학교를 나오지 않는 아이들이 두셋씩 꼭 있게 마련이었다. 더러는 사나흘 결석하다가 선생님이 찾아가고 또 이웃 아이들이 찾아가면 다시 학교로 나오기도 하지만, 벼 베기가 끝날 때까지 학교에 나오지 않는 아이들도 있었다.

공부보다 새를 봐야 하기 때문이다. 참새와 찌르레기는 낱

알을 한 알 한 알 쪼아 먹는다. 비둘기와 꿩은 부리로 이삭을 훑어버린다. 그러나 비둘기와 꿩보다 무서운 게 참새다. 한 번 앉았다 하면 수백 마리가 떼를 지어 날아든다.

논밭으로 날아드는 새떼가 오죽 무서우면 정월 대보름날 새벽 마당에 나가 미리 '헛 새 보기'를 다 하겠는가. 또 어느 부모가 제 자식을 학교 대신 논밭으로 보내고 싶겠는가. 그런데도 자식을 학교 대신 논밭으로 새를 쫓으러 보내지 않을 수 없을 만큼 쌀이 귀하던 시절의 일이다. 형제가 많으면 번갈아가며 결석하고, 형제가 없으면 벼를 벨 때까지 도맡아 결석을 했던 것이다.

며칠 밖에 나가 있다가 돌아와 책상 한 귀퉁이에 쌓여 있는 우편물들을 차례차례 열어보았다. 그 우편물에 '편지'라는 항목이 빠진 지는 이미 오래다. 편지 봉투에 넣어 보내와도 그것들이 대부분 한두 장짜리 공적인 인쇄물이다.

그중 하나가 쉽게 열리지 않아 그동안 책상서랍 속에 넣어 두기만 하고 사용하지 않던 '편지 칼'을 꺼내 봉투를 열었다. 그러다 나도 모르게 빙긋 웃고 말았다. 봉투 모서리에 '편지 칼'을 밀어 넣다가 그야말로 한순간 어떤 사람의 얼굴이 떠올라서였다.

내 어린 시절 시골 초등학교에, 우리 반 선생님은 아니었지만 편지가 오면 꼭 편지 칼로 봉투를 열던, 도시에서 온 처녀 선생님이 있었다. 그때는 사과나무에 약도 치지 않던 시절이었다. 그런데도 그 선생님은 예쁜 주머니칼로 아이들이 주는 자두까지 꼭 깎아 먹었다.

동네 어머니들이나 고모, 누나들과는 '차원'이 다른 사람이었다. 그것은 깎은 사과와 깎지 않은 사과만큼의 거리가 아니라 그 시절 호미와 편지 칼만큼의 거리였던 것이다. 그때 그 모습을 보며 어린 것이 발칙하게도 이런 생각을 했다. 그래. 이 다음 어른이 되면 나도 저런 색시와 한번 살아봐야겠다.

정전이 되면 생각나는 친구

저녁에 갑자기 전기가 나갔다. 텔레비전도 볼 수 없고, 라디오도 들을 수 없고, 컴퓨터도 할 수가 없다. 집 안에 촛불 몇 개 밝히는 것 말고 따로 할 수 있는 일이라는 게 거의 없다. 어둠 속에서 아이는 익숙한 손놀림으로 제 친구에게 문자를 보낸다. "야, 우리 동네 불 나갔어. 느 동네는 어떠냐?"

삼십여 년 전 중학교를 다닐 때 정전이 되면 다음 날 시내 아이들은 숙제를 거의 해오지 않았다. 그때는 정전도 잦았는데, 그러면 선생님은 그 숙제를 다음 날 해오라고 했다. 그때 시골에 사는 한 아이가 손을 들고 말했다. "그러면 저희들은 앞으로 우리 동네에 전기가 들어올 때까지 숙제 안 해와도 됩니까?"

웃자고 한 말이지만 정말 재치 있는 친구였다. 그러나 정전이어서 촛불을 켜놓은 방은 불안하고 어수선하여 아무것도 할 수 없지만, 늘 등잔을 켜던 방은 밤이 깊을수록 그 작은 불빛 아래가 더욱 차분하고 조용하다. 우리 마을에 전기가 들어온 다음에야 시내 아이들이 왜 전기가 나가면 숙제를 해오지 못하는가를 알게 되었다.

그리고 어른이 되어서도 정전이 되어 촛불을 켤 때마다 그 친구의 얼굴이 생각난다.

가을이 되면 떠오르는 일

초등학교 시절 송암리 아이들은 먼 산길을 걸어 학교를 다녔다. 가을이면 그 아이들은 등굣길에 송이버섯을 따가지고 와 학교 마을 아이들에게 나누어주었다. 그러면 우리는 그것을 집에 가져가서 식구들에게 귀한 송이 구경을 시켰다.

어른이 된 지금, 추석 때가 되면 내가 좋은 술 한 병을 선물하는 초등학교 친구가 있다. 어린 시절 나에게 이따금 송이버섯을 따주던 친구다. 어느 해엔 학교를 오다가 딴 우리 팔뚝 절반만 한 송이를 나에게 주었다.

아마 나라면 누구에게도 주지 않았을 것이다. 그것을 그대로 집으로 가져가 어른들에게 자랑했을지 모른다. 그런데 그때 그 친구는 어른들도 쉽게 딸 수 없는 큰 송이를 나에게 주었다. 그 친구가 준 송이를 썰어 넣어 끓인 챗국을 그해 추석 차례상에 탕으로 썼던 기억이 난다.

어른이 되어 뒤늦게 그 생각이 나서 해마다 그 친구에게 술 한 병을 보내는데, 정작 그 친구는 그때의 일을 까마득히 잊고 있다. 몇 년 전부터 내가 보내는 술만 기억할 뿐 아주 오래전에 자기가 나에게 준 귀하고도 값진 선물은 잊고 있는 것이다. 올해도 아내에게 좋은 술 한 병 따로 싸놓으라고 말해놓았다.

영자 씨의 아버지

어린 날, 영자 씨의 아버지는 아무 일도 하지 않고 매일 술만 마셨다. 생계도 어머니가 꾸려나갔다. 낮에는 행상을 하고, 밤에도 일을 했다. 어느 날 어머니가 돈을 벌어오겠다는 말을 남기고 집을 나갔다. 그제야 아버지가 이틀이나 사흘에 한 번꼴로 일을 나갔다. 전보다 더 많은 술을 마시고 와 아내에 대한 원망으로 아이들을 때렸다.

삼 년 후 어머니가 아이들을 데리러 왔다. 어머니는 재가를 했고, 아버지는 아이들을 놓아주지 않았다. 그녀가 중학교에 들어갈 때쯤에야 아버지가 아이들을 놓아주었다. 새 아버지가 너무나 좋은 분이어서 뒤늦게 그녀는 가족의 사랑과 부모의 사랑을 동시에 배우고 느꼈다.

그런 영자 씨가 요즘 마음이 많이 아프다. 처녀 시절 직장으로 찾아온 아버지를 다시 찾아오지 못하게 매정하게 대했다. 한 번 그러면 계속 그럴까봐 더욱 매정하게 대했다. 이제는 자신이 먼저 아버지가 보고 싶은데 어디에 사는지 도무지 알 길이 없다. 영원히 풀리지 않을 것 같은 마음속의 화해도 이미 오래전에 이루어졌는데, 그 자리에 아버지가 없다며 영자 씨는 이렇게 말했다. "계속 찾아봐야죠. 아버지는 어떤 경우에도 아버지거든요."

내 친구 함종일의 '오겐키 데스카'

지난 3월 어느 날, 그 친구는 고등학교 동창 게시판에 이런 글을 올렸다.

'오늘 오전 11시. 경포대 입구 소나무 한 그루. 황태처럼 걸려 있는 한 사람. 목을 맨 지는 5분 정도. 벌써 혀가 빠져 나오려고 함. 밑에서 혼자 아무리 용을 써도 늘어진 사람 받치기엔 무리. 달리는 차에 소리침. 차에서 내린 남자 한 사람 그리고 길 가던 학생 3명. 겨우 목에 걸린 나일론 줄을 풀었음. 나이는 36세. 신변 비관. 옆엔 쥐포 1마리 소주 4병. 경찰에 신고해 파출소에서 데려감. 내가 지금 잘한 일일까?

친구는 부모를 생각하면 그럴 수 없는 일이라고 했다. 언젠가 강릉에서 함께 술을 마시고 택시로 우추리 우리 집에 날 데려다주던 길이었다. 친구는 그 길 중간에 부모님 산소가 있다며 자동차 밖으로 나와 어둠 속의 산을 향해 이렇게 소리쳤다.

"어버지 어머니, 잘 계시지요. 둘째아들이 지나가며 인사 드립니다."

우추리 가는 길에 부모님 산소가 있어 날 데려다주는 것이다.

"어른들 살아 계시는 동안 바쁘더라도 매일 전화를 드려라. 그게 객지에 나가 있는 자식의 도리다."

돌아보면 올해도 그 도리를 다 하지 못해 친구에게 미안하고 부모님께 죄송하다.

아주 아끼운 문장 하나

책을 읽으면서 여간해선 밑줄을 긋지 않는다. 그런데 최근 우리 시대의 처사 김훈이 쓴 《밥벌이의 지겨움》이란 책을 읽으며 여러 군데 밑줄을 그었다.

'여자들의 젖가슴이란 그 주인인 각자의 것이고 그 애인의 것이기도 하지만, 신라금관이나 고려청자나 백제 금동향로보다 더 소중한 겨레의 보물이며 자랑거리다. 이 생명의 국보들은 새로운 삶을 향한 충동으로 우리를 설레게 하고 견딜 수 없는 것들을 견디게 해준다. 그런데 이 착한 젖가슴들을 죄다 곪아터지게 만든 실리콘이라는 물건은 미국 기업이 온 세계 여자들한테 팔아먹은 것이라고 한다. 제 나라 여자들 젖가슴이 이토록 곪아서 문드러지도록 정부는 대체 무얼 했단 말인가?'

처사와 만나 술 한잔 나누는 자리에서 밑줄 얘기를 했다. 처사는 순정하고도 순정한 얼굴로 처음 원고를 쓸 땐 '겨레의 보물이며 자랑이자 통일의 원동력'이라고 썼는데, '통일의 원동력' 부분은 너무 지나친 것 같아 뺐다고 말했다. 나는 탄식처럼 이렇게 화답했다.

"그걸 왜 뺍니까? 앞으로 통일 세대를 먹이고 안아서 키우는 젖가슴이니 통일의 원동력이라 써도 조금도 지나침이 없지요."

우리는 오랜만에 크게 웃었다.

밤에 고향을 떠난 친구

사람들이 농촌을 떠난다. 딱딱한 마당에 풀씨가 날아든다. 지난해까지만 해도 사람이 밟고 다니던 마당이 금세 바랭이와 개망초밭이 된다. 이듬해부터는 쑥과 억새 같은 여러해살이풀이 힘으로 밀고 들어온다. 사람 살던 집이 이태 만에 쑥대밭이 되고 마는 것이다.

집을 비운 지 오 년쯤 되면 그동안 사람 훈김을 받지 못해 한쪽 추녀부터 무너져 내리기 시작한다. 마당의 사정도 더욱 고약스러워진다. 어디에서 날아왔는지 붉나무와 가중나무, 싸리나무 같은 관목들이 뿌리를 내린다. 담장이 허물어지고

추녀는 점점 땅으로 내려앉는다.

고향에 가도 동네 둘러보기가 겁난다. 지금은 풀밭으로 변한 저 마당에서 우리는 딱지를 치고 비석치기를 하다가 서로 마음이 맞지 않아 주먹질을 하며 놀았다. 친구 집 마당가에 서서 예전에 그 집에 살던 친구 이름을 가만가만 부르면 저절로 눈물이 난다.

모두 나처럼 도시로 떠났다. 일찍 떠난 친구도 있고, 늦게 떠난 친구도 있다. 가장 마음 아프게 떠난 건 영농후계자로 비육우다, 특용작물이다, 이것저것 다 하며 고생만 하다가 빚만 잔뜩 지고 온다 간다 말없이 밤에 떠난 친구다.

아주 잘 익은 청포도를 볼 때마다 뒷집 옥순이 누나 생각이 난다. 얼굴이 매우 하얗고, 자리에서 일어나 걸어다닐 때보다 앉아 있거나 누워 있을 때가 더 많은 누나였다. 중학교에 들어가 〈소나기〉를 처음 읽었을 때 아, 그 누나 같은 아이인가 보다 했을 정도로 몸이 약하고 예뻤다.

그 누나가 가장 멀리 출입하는 곳이 우리 집 마당과 마루였다. 어느 해 여름엔 나와 내 동생 손에 봉숭아물을 들여주기도 했다. 우리는 저녁이 되기도 전에 손이 갑갑해 그것을 풀어 겨우 불그스름한 물이 들었지만, 다음 날 아침에 푼 옥순이 누나의 손은 너무나 예쁜 인주 빛깔의 물이 들어 있었다.

누나가 내려오면 어머니가 참 많은 것을 챙겨주었다. 그러나 누나는 청포도 한 알 바로 입에 넣어 깨물지 못하고, 봉숭아물을 들인 손으로 껍질을 발라내고, 다시 그 안의 씨까지 발라낸 다음 겨우 입 안에 넣고, 온몸이 오싹한 표정을 지었다.

그때마다 우리는 그런 누나의 얼굴을 재미있어 하고, 어머니는 돌아서서 한숨을 지었다. 지금도 나는 청포도엔 손이 잘 가지 않는다. 바라보는 것만으로도 가슴이 많이 아플 때가 있다.

어린 시절 내가 만들었던 명함

내가 명함을 처음 본 것은 중학교 2학년 때 같은 반 친구 아버지의 것이었다. 우리 집은 학교에서 멀리 떨어진 시골이었고, 그 친구 집은 시내에 있어 시험 기간 동안 함께 공부를 했다. 시험이 끝나던 날 친구 아버지가 나를 불러 말씀하셨다.

"허락을 받고 온 것이긴 하지만, 집안 어른한테는 그냥 시내에 있는 친구 집에서 공부를 한다고 그랬을 것 아니냐. 집에 돌아가거든 이 집에서 공부를 했다고 말씀드려라. 그래야 다음에도 걱정을 안 하시지."

친구 아버지는 명함 뒤편에 간단한 인사를 적어 내게 주었다. 그것이 너무나 인상적이어서 나도 이다음 어른이 되면 꼭 명함을 갖는 사람이 되어야지 했다. 그래서 집에서 두꺼운 도화지를 이용해 친구 아버지의 명함 비슷하게 미래의 내 명함을 만들어보았다. 한자로 조금 굵은 글씨로 이름을 쓰고 그 아래 주소를 쓰고, 이름과 주소 사이에 내 직책을 이렇게 적었다, '대한민국 소설가'.

그 죄가 하늘에 닿았던 모양이다. 다만 그 시절 내가 몰랐던 것은 대한민국 소설가들은 모두 명함을 사용하겠지 했는데, 되고 나서 보니 이 바닥이야말로 명함을 사용하지 않는 바닥이었다.

어릴 때 우리가 생각하기에 매미가 좋아하는 나무가 있고, 싫어하는 나무가 있는 것 같았다. 마당가의 자두나무와 살구나무엔 늘 열 마리도 넘는 매미가 날아와 붙어 있었다. 미루나무와 아카시아나무도 매미가 날아와 앉기 좋아하는 나무다.

그러나 뒷산 소나무 숲엔 매미가 없다. 송진과 다른 나무 진 차이인데 우리는 매미도 마을에 내려와 살기 좋아하는 것이라고 생각했다. 우리가 보기에 매미들은 아이와 어른을 귀신처럼 알아보는 것 같았다.

우리가 매미채를 들고 아무리 살금살금 다가가도 금방 눈치 채고 우리 얼굴에 오줌 한 방울 찍 갈기고는 다른 데로 날아가 버린다. 그러나 어른들은 신발을 질질 끌고 왁자지껄 소리를 내 떠들며 다가가도 해치지 않을 거라는 걸 알고 날아가지 않는다.

또 그런 식으로 아이와 어른을 구분하는 벌레가 모기인 것 같았다. 모기는 아이의 다리도 물고 어른의 다리도 문다. 때로는 얼굴도 물고 목덜미도 문다. 그러나 아이의 눈은 물어도 어른의 눈은 물지 않는다. 어느 어른이 모기에 물려 눈이 부으면 다른 어른들이 이렇게 놀렸다.

"장가를 가서 어른인 줄 알았더니 모기가 알아보는 걸 보니 아직 애구먼."

성묘 가는 길

우리 어린 날 추석 성묘는 마치 집안의 가을 소풍과도 같았다. 도포 차림에 갓을 쓰신 할아버지와 작은할아버지, 아버지와 다섯 명이나 되는 당숙들, 또 우리 사형제와 세 명의 재종형제들, 성묘 제수거리를 담은 함지를 머리에 인 어머니와 당숙모, 어림잡아도 열다섯 명의 식구가 성묘를 나선다.

성묘를 마치곤 산소 가에서 점심 겸 음복을 하고, 그 산 아래 밤나무 숲에서 밤을 따온다. 우리는 밤보다 다래와 머루에 관심이 더 많다. 이건 어른들보다 우리가 있는 곳을 더 잘 안다. 여름 내내 소를 먹이러 다니며 봐둔 게 있기 때문이다.

다래는 처음 나무에서 딸 때엔 비려서 먹을 수가 없다. 그것을 따뜻한 방안에 하루쯤 묵혀두면 저절로 말랑말랑해지며 단맛이 난다.

그로부터 한 세대가 지난 다음 할아버지와 작은할아버지가 산소에 가 누우시고, 큰집 작은집에 열 명도 넘게 늘어난 증손자들이 추석날 아침이면 밤나무 산으로 할아버지를 뵈러 간다. 아버지가 예전의 할아버지만큼 늙으신 모습으로 여전히 열 명도 넘는 대 부대를 이끌고 성묘를 가신다. 성묘 가는 길, 할아버지가 젊으신 날에 심은 밤나무 산의 밤나무들도 어느 결에 사람처럼 세대교체가 되었다.

'개락'과 '개깔'

얼마 전 누군가로부터 내 소설 〈첫사랑〉을 영문으로 번역하고 싶다는 연락을 받았다. 전화를 끊고 나서 맹렬하게 궁금해지는 것 한 가지가 있었다.

그 소설 속에 '개락'이라는 강릉 말이 나오는데, 그걸 과연 어떻게 번역할까 싶은 것이었다.

그냥 많다는 말보다 더 많고 많아서 흔전만전 넘치는 그 무엇을 '개락'이라고 하는데, 그것만으로는 또 너무 의미가 작다. 우스갯소리이긴 하지만 용돈을 제대로 주지 않는다고 집을 나간 아들에게 아버지가 전보를 친다.

"야, 시방 여기는 오징어가 개락이다."

그러니 얼른 돌아와 일손을 도우라는, 그러면 애비가 용돈을 주지 않더라도 얼마든지 네 손으로 더 많은 돈을 수중에 넣을 수 있다는, 그 한마디로 집 나간 아들조차 흥분시켜 돌아올 수 있게 하는 말, 그것이 바로 '개락'인데 그 개락을 영어로 어떻게 설명할 것인가.

오랜 가뭄 끝에 단비 내리듯, 혹은 오랜 결핍 끝에 뜻밖의 물량이 확 풀리는 듯한 그 축제적 분위기의 풍요와 넘침을······.

그런 강릉 말 '개락'을 영어로 바꾸는 일이야말로 충청도 말로 '개갈이 안 나는 일'인 것이다. 대체 그 번역자는 어떤 재주를 어떻게 발휘할지······.

우리 마음속의 희망등 선생님

그때 선생님은 전기도 들어오지 않는 벽지 마을로 전근을 오셨다. '섬마을 선생님'이란 노래가 유행하던 시절, 초등학교에서 중학교를 가는 것도 시험을 봐야 했다.

한 학년 쉰 명쯤 되는 아이들의 삼분의 일은 가정 형편상 중학교 진학을 포기했다. 선생님은 한 명의 제자라도 더 학교에 보내려고 논둑으로 밭둑으로 아이들의 부모를 찾아다니며 어른들을 설득했다.

도시에서는 6학년 아이들 거의 다 입시과외를 했다. 선생님은 어린 제자들의 공부를 위해 시내에서 학교 옆에 방 한

칸을 얻어 그곳에서 살림을 했다. 그래야 저녁에도 아이들을 교실로 부를 수 있기 때문이었다.

아이들 책상엔 등잔이, 선생님 책상엔 작은 남포가 놓였다. 우리는 그 남포를 '희망등'이라고 부르고, 선생님을 '희망등 선생님'이라고 불렀다.

공부뿐만 아니라 삶에도 참으로 이쁜 모범을 보이셨다. 선생님과 사모님이 학교 옆에 사는 모습이 어린 제자들에게도 너무 좋고 부러워 우리 반 종림이는 이다음 자기도 어른이 되면 꼭 저렇게 살아야지 했단다.

그 선생님이 며칠 후 정년퇴임을 하신다. 강릉에 계신 권영각 선생님. 선생님은 지금도 우리 마음속에 '희망등'을 들고 서 계신다. 그동안 참 많이 애쓰셨습니다, 우리 큰 선생님.

나의 친애하는 제군들

나의 친애하는 제군들. 나는 소설가 이순원이다.

많은 독자들이 보는 글을 이렇게 시작하면 안 된다. 그건 독자 모독이다. 그래도 다시 한 번 그렇게 불러보고 싶다. 지금 이 글을 읽고 있는 나의 친애하는 제군들.

이 '친애하는 제군들'은 35년 전 내가 중학교에 처음 입학했을 때 우리 학교 교장 선생님이 즐겨 쓰던 말이다. 월요일 조회시간마다 운동장이 떠나갈 정도로 쩌렁쩌렁한 목소리로 우리를 그렇게 불렀다. 학생 여러분이라든가, 우리 학교 학생 여러분, 하고 부르지 않고 꼭 '나의 친애하는 제군들'이라고 불렀다.

별명도 당연히 '친애하는 제군들'이었다. 나는 그 말이 너무나 멋있게 들려서 나도 어른이 되면, 내가 선생님이 되지 않더라도 어디에서 학생들을 만나면 꼭 저렇게 불러야지 했다.

그러나 지금 내가 그렇게 부를 수 있는 사람은 둘밖에 없다. 그나마 '친애하는 제군' 하나는 군에 가서 부를 수가 없고, 집에 하나 남아 있는, 말이라고는 죽어도 안 듣는 웬수 같은 작은아들만 데리고 아침저녁으로 '어이, 친애하는 제군, 일어나.' '친애하는 제군, 이제 그만 자야지' 하고 부른다.

어질고도 어지신 선생님

어제 집에서 붓글씨를 써보았다. 당연히 잘 될 턱이 없다. 종이 몇 장을 버린 다음 저절로 고등학교 시절 서예시간(2학년 때 미술시간)이 떠올랐다. 문방사우라고 붓, 벼루, 먹, 종이를 서예시간마다 준비해야 한다.

종이는 연습할 때부터 귀한 한지를 바로 쓸 수 없어 신문지를 사절로 잘라서 묶어오라고 했다. 신문지를 사절로 자른 크기가 매일 가방에 넣어 다니는 주산문제집과 꼭 맞았다. 그렇잖아도 무거운 가방에 도시락 무게와 맞먹는 벼루를 넣으면 더욱 무거워져 처음부터 그것은 가지고 다니지 않았다.

벼루가 없으니 먹도 필요가 없고 물통도 필요가 없다. 그렇다 보니 서예시간 내가 책상 위에 꺼내놓는 것은 다음 시간에 쓸 주산문제집과 미술반 친구에게서 빌린 검은색 포스터컬러와 좀 굵은 그림붓 한 자루다.

그 실력으로 삼십 년이 지난 다음 어디에 전시할 내 소설의 앞부분을 써보는데, 이건 글씨가 아니라 비뚤비뚤 완전히 그림이 되고 만다. 돌아보니 준비물을 그따위로 챙기고도 매를 맞지 않고 학교를 다닌 걸 보면 그때 우리 미술 선생님, 참 어지셨던 것 같다. 나 같으면 반 잡아놓았을 것이다.

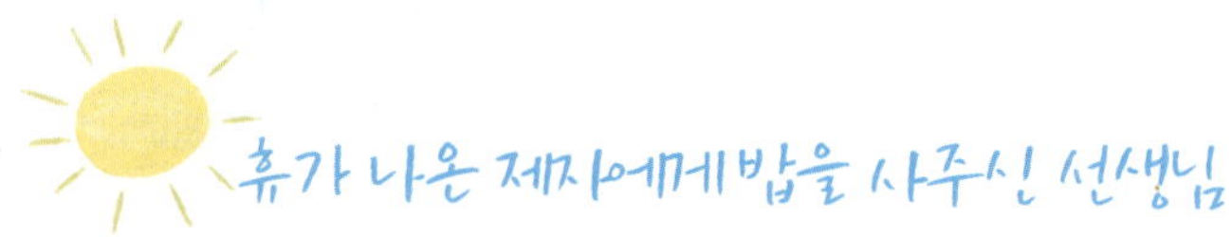

휴가 나온 제자에게 밥을 사주신 선생님

어제 중학교 교장 선생님 얘기를 하다가 갑자기 한 선생님의 얼굴이 떠올랐다. 어느 학교나 선생님에게 붙이는 별명은 대개 비슷해 우리 학교에도 '썰면'이라는 별명을 가진 선생님이 계셨다. 사회 과목을 가르치던 그 선생님의 입술은 꼭 다물고 있을 때에도 다른 사람의 입술보다 두 배 정도 두꺼워 보였다. 썰면이라는 별명도 입술에서 유래했다.

선생님이 먼저 근무하던 어느 학교의 악동이 선생님의 입술이 두꺼워 썰면 한 접시가 된다고 붙인 별명을 우리도 그대로 따라 불렀다. 참 버릇없던 시절의 일이다. 그래도 늘 허허,

하고 우리의 등을 두드리며 웃으시던 분이었는데 그 썰면 선생님이 지난해에 돌아가셨다. 학교 다닐 때에도 우리를 늘 아들처럼 대해주셨고, 군대에서 휴가를 나와 길에서 만났을 때에도 함께 있던 일행까지 보내고 밥을 사주시던 분이다.

훗날 선생님의 칠순잔치에 가서 선생님, 선생님 하고 술을 권하자, 왜 그때처럼 썰면이라고 불러보지, 하고 큰 입술로 환하게 웃으셨다. 그러나 이제 고향에 가도 따뜻한 밥 한 그릇 대접할 수 없는 곳으로 세월이 우리 선생님을 모시고 갔다. 이럴 때 제자는 한순간 마음이 쓸쓸해진다.

내 고향의 야학 선생님

1970년이면 이 땅에 새마을운동이 시작되던 해이다. 그 해 그는 스물일곱 살 나이에 고향에서 야학을 시작했다. 한글을 읽고 쓸 줄 모르는 아주머니들과 집안 형편이 어려워 중·고등학교 진학을 포기하고 공장에서 일을 배우는 근로 청소년들이 하나 둘 그의 야학으로 모여들었다.

남의 창고 건물을 빌려서, 그것이 여의치 않으면 집에서, 또 대학의 강의실을 빌려서 수업을 했다. 지금의 학교 건물을 짓기까지 교실을 옮겨 다닌 것만도 아홉 차례나 된다. 야학 때문에 결혼도 포기했다. 결혼을 하면 자기 혼자만의 의지가 아니라 또 한 사람의 의지가 합쳐져야 하기 때문이었다.

　그런 가운데 34년이란 세월이 흘렀다. 그동안 창고 야학은 정식 학교가 되고, 그때의 청년이 이 학교의 교장 선생님이 되었다. 낮에는 한글 입문 과정인 중학교 입학자격 검정고시반을 운영하고, 야간에는 여전히 예전의 야학정신 그대로 지난날 가정 형편 때문에 배움을 중단했던 가정주부들과 근로 청소년 140명이 중·고교 정규 교과과정을 배우고 있다.

　강릉인문중고등학교의 김운기 교장 선생님. 선생님 같은 분들이 계시기에 고향이 더욱 따뜻하고 든든합니다.

호두 노리개

어릴 때 우리는 호두를 호두라고 부르지 않고 당추자(唐楸子)라고 불렀다. 호두의 사촌쯤 되는 가래 때문이었다. 가래는 호두보다 껍데기가 더 단단하고, 생김새도 복숭아씨처럼 길쭉하다. 그것도 사람이 먹는 과일인데 그런 과일 이름을 '가래'라고 하는 게 마땅치 않아 할아버지는 가래는 '추자'라고 부르고, 호두는 '당추자'라고 불렀다.

어릴 때 우리 동네엔 호두보다 가래가 더 많았다. 그래서 굵은 호두를 보면 그것을 까먹을 생각보다 한 손에 두 개를 쥐고 빠드득 빠드득 돌리는 '호두 노리개' 생각부터 먼저 했다. 가래가 귀해진 것은 요즘 들어서다. 지금 내 책상서랍 속에는 십 년 전부터 이따금 내 손 동무 노릇을 하는 가래 두 알이 있다.

며칠 전 아주 굵은 호두 한 봉지를 얻었다. 그중에서도 유난히 큰 것 두 쌍을 골라내 파인 골마다 송곳으로 일일이 껍질을 다듬고 들기름을 먹였다. 그랬더니 갈색으로 아주 반질반질 윤이 난다. 한 쌍은 아버지께 드리고, 또 한 쌍은 아이들 외할아버지께 드려야 할 것 같다. 그러나 두 분 다 내 것보다 더 좋은 가래가 있어 며칠 돌려보다가 친구 분 주실 것 같다. 이거 정말 정성스럽게 만든 건데…….

이 세상에서 가장 재미있는 책 몇 가지를 골라낼 때 그중에 빼놓을 수 없는 하나가 바로 지도책이다. 지도를 읽는 일이야말로 바로 우리가 사는 세상을 읽는 일이고, 또 이 세상의 길을 읽는 일이다.

어린 시절 형제가 자주 '지도 찾기' 내기를 했다. 미국 지도든 유럽 지도든 어디 한 군데 지도를 펼쳐놓고 "오거스타를 찾아봐" 혹은 "메킨리 산을 찾아봐" 이렇게 문제를 내면 또 한 형제는 눈이 빠져라 그것을 찾는다.

외국 지명 찾기도 어렵지만, 더 어려운 것은 1:80만 정도

의 세밀 지도(지도책 양면에 경기도 지역만 겨우 들어간다)
를 펼쳐놓고 하는 국내 지명 찾기다. 외국 지명은 본, 낭트와
같이 짧은 이름의 지명도 있고, 드네프로페트로프스키와 같
이 긴 이름의 지명도 있다. 그러나 국내 지명들은 백에 아흔
여덟은 그 지명이 이 지명 같고, 이 지명이 저 지명 같은 두
글자 이름들이다.

대관령 산 아래에 갇혀 중학교 수학여행 때에야 처음으로
기차를 타보았던 그 시절 우리는 지도를 통해 태평양을 건너
미국으로 가고, 유럽으로 가고, 인도로 가고, 아프리카로 갔
던 것이다. 꼭 여행만이 아니라 미래에 대한 우리의 꿈이 그
안에 다 있었다.

어느 매미의 안타까운 허물벗기

수학에서 1과 자신의 수로만 나누어지는 수를 소수라고 한다. 7, 11, 13과 같은 깨끗한 수들이다. 그런데 11과 13사이의 12는 어떠한가. 12는 1, 2, 3, 4, 6으로 나누어진다. 어떤 혜성이 12년마다 나타난다고 했을 때 2, 3, 4, 6년마다 스쳐 지나다 보면 이 별과 자주 마주치게 된다. 그러나 11년 주기의 혜성과 13년 주기의 혜성은 2, 3, 4, 5, 6, 7, 8, 9년마다 아무리 스쳐 지나가도 마주칠 수가 없다.

매미들이 땅속에서 보내고 나오는 햇수가 바로 이런 소수의 시간이다. 매미에게는 매미만의 천적과 기생충이 없다.

빠르면 7년에서 11년이고, 늦으면 17년이나 19년 만에 땅속에서 나오는 시간의 길목을 천적과 기생충이 지켜낼 수가 없기 때문이다.

고향집 마당에서 밤 이슥히 멍석을 깔고 얘기하다가 그 옆의 자두나무에 막 땅에서 올라온 매미가 마지막 껍질을 벗고 우화(羽化)하는 동안 자기 껍질에 날개가 걸려 한쪽 날개를 끝내 펼치지 못하는 모습을 안타깝게 지켜보았다. 날개가 붙잡힌 매미도 그랬겠지만 그것을 지켜보는 나도 깨끗하고 귀한 어느 소수의 시간이 달빛 아래 그대로 고요히 접히고 마는 것 같았다.

얼마 전 꽤 여러 날 병원에 입원했었다. 그동안 고향에 계신 어머니가 다녀가시고, 퇴원하여 다시 여러 날이 지난 다음 장모가 다녀가셨다. 그때 장모가 이런 말을 했다.

"마음이야 진작 와보고 싶어도 예전부터 법도가 그러니 지금에야 왔네."

어머니도 먼저 병원에 와서 비슷한 말을 했었다. 애들 외할머니야 아범 퇴원한 다음에나 올라오시겠지.

그 말을 얼른 이해할 수 없어 다시 고향에 계신 어머니께 전화를 했다. 그러자 예전부터 내려오는 법도가 장모는 사위

병문안을 가는 게 아니라고 했다. 왜 그런지는 모르지만 좌우지간 법도가 그러니 두 어른 다 그걸 충실히 지켜야 한다는 것이다.

칠 년 전 내가 '동인문학상'을 받게 되었다고 전화를 했을 때에도 어머니는 오히려 걱정스러운 목소리로 이렇게 말씀하셨다.

"나는 그런 일을 잘 모르겠다만, 그나저나 너는 서인 집안 자손인데 그렇게 동인상이라는 걸 받아도 되는지 모르겠다. 그게 법도에 어긋나는 일은 아닌지, 너 혼자 생각하지 말고 아버지하고 잘 의논해서 결정해라."

이렇게 현재를 살고 있어도 아직도 나를 둘러싸고 있는 시대는 저 멀고도 먼 옛날이다.

세상 만물의 척도는 '내것'이다

어린 시절 할아버지의 담뱃대는 참으로 길었다. 그것은 이 세상에서 내가 제일 처음 본 담뱃대이기도 하다. 두 살 차이의 작은할아버지는 궐련을 태우셨다.

내가 다른 사람의 담뱃대를 처음 본 것은 아랫동네 영래 할아버지의 것이었다. 영래 할아버지의 담뱃대는 우리 할아버지 담뱃대의 절반 길이만 했다. 세상에 무슨 담뱃대가 저렇게 짧을까. 곰이라고 불릴 만큼 커다란 몸집에 짧은 담뱃대로 뻑뻑 연기를 뿜어내는 모습이 어린 내 눈에 참 희극적으로 보였다.

그런데 어느 여름 복날, 우리 집 마당에 모인 근동 할아버지들의 담뱃대가 대부분 우리 할아버지와 영래 할아버지의 담뱃대 중간쯤 길이였다. 다음 해 단오장에 나가서 눈여겨본 좌판의 담뱃대 역시 그랬다. 그런데도 내 눈엔 그것들이 오히려 기준보다 짧아 보였다. 할아버지가 다른 사람들보다 특별히 긴 담뱃대를 쓰는 것이 아니라 세상 어른들 모두 기준보다 짧은 담뱃대를 쓰고 있는 것처럼 보였다.

세상 만물의 척도는 언제나 내 것이다. 할아버지의 담뱃대뿐 아니라 이 세상 모든 식당의 숟가락과 젓가락 역시 그렇다. 그것들은 늘 기준보다 무겁거나 가볍거나 길거나 짧다.

겨울잠을 자는 나무들

모든 나무들이 잎을 떨구고 깊은 겨울잠 속으로 들어갔다. 잠을 자며 그들은 몸을 꿈꾼다. 꽃을 피우고, 잎을 피우고, 열매를 맺고, 그것을 키울 찬란한 봄과 은성한 여름을 꿈꾼다.

사람들은 겨울잠을 자는 나무를 바라보는 것도 사람들의 시선으로만 바라본다. 가장 부지런한 나무가 가장 일찍 일어나 가장 먼저 꽃을 피울 거라고 생각한다. 그렇다면 매화나무의 부지런함을 따라갈 나무가 없을 것이다.

그러나 사람의 눈으로 보면 참으로 게으르게 봄이 다 지나가는 4월 말이나 되어서야 겨우 잎을 내미는 나무가 있다. 다른 나무들은 다 꽃을 피우고 잎을 내미는데도 그는 죽은 듯이 감감하다.

그러나 그는 다른 나무보다 더 긴 겨울잠 끝에 일어나 그때부터 부지런히 늦봄, 초여름, 한여름, 이렇게 일 년에 세 번 꽃을 피우고, 그때마다 가지가 찢어지도록 많은 열매를 맺어 가을에 한꺼번에 익힌다.

다른 나무보다 게을러서 겨울잠을 길게 자는 것이 아니라 더 많은 열매를 맺을 준비를 하기 위해 다른 나무보다 길고도 충실하게 겨울잠을 자는 이 나무가 바로 대추나무이다.

지금 겨울잠을 자듯 잠시 움츠리고 있는 그대, 어쩌면 그대가 대추나무일지 모른다.

미래의 세상 알아맞히기

삼십 년 전, 선생님은 초등학교 5학년인 우리들에게 이렇
게 말씀하셨다. "너희들이 어른이 되었을 땐 어쩌면 너희들
한 사람 한 사람마다 자가용을 가지고 있을지 모른다." 우리
는 그 말을 선생님이 우리 시골 아이들에게 주는 꿈과 용기
로만 생각했다.

왜냐하면 선생님이 그 말씀을 하기 바로 전 학교 앞길에
시발택시 한 대가 지나갔는데, 마침 쉬는 시간이었고 우리는
거의 전교생 모두 그것을 구경하기 위해 우르르 교문 밖으로
쏟아져 나갔다. 마을에 택시 한 대가 들어오는 것도 한 달에

한 번 될까 말까 한 벽촌이었다. 그러니까 택시도 한 달에 한 번 구경할까 말까 한 우리가 어른이 되어 저마다 자가용을 가질 수 있다니.

그때 선생님은 또 그런 시절이 되면 서울 같은 도회지는 먹는 물까지도 가게에서 사 먹어야 하는 시대가 될지도 모른다고 말씀하셨다. 어쩌면 맑은 공기도 그럴지 모른다고 했다. 그때 그 얘기를 들었을 때 다른 것은 다 선생님 말씀이 맞더라도 지금 이 말씀만은 틀릴 거라고 생각했다.

그런데 자동차와 물, 둘 다 선생님이 옳게 보셨다. 앞으로 이십 년이나 삼십 년 후 우리가 살아가는 세상은 또 어떤 모습으로 바뀔까.

백 번 넘게 선을 본 남자 이야기

예전에 '백한 번째의 프로포즈' 라는 영화가 있었다. 어느 얼굴 못생긴 남자가 이 여자 저 여자에게 백 번이나 프러포즈했는데도 딱지를 맞고, 백한 번째의 여자에게 이게 마지막이다 하고 온갖 공을 들여 프러포즈하는 얘기였다.

그 영화처럼 스스로 백 번도 넘게 선을 보았다고 말하는 젊은이를 만났다. 그러니까 선에 관한 한 도통한 젊은이였다. 그는 선을 백 번 넘게 보는 일이야말로 인내와 끈기가 필요하다고 했다. 이유는 뒤로 갈수록 누군가의 강요에 의해 마지못해 나가는 자리이기 때문이란다. 그런데도 자신의 어머니는 그보다 더한 인내와 끈기로 자신의 등을 민다고 했다.

"처음엔 마주 앉아도 상대가 누구인지 어떤 사람인지 잘 보이지 않아요. 아마 그래서 놓친 좋은 사람도 많았을 거예요." 그러면 지금은 왜 계속 놓치고 있냐니까 그는 이렇게 대답했다. "지금은 선을 보는 게 아니라 선을 보러 나온 상대의 모습에서 정확하게 제 모습을 보는 거예요. 그러니 안 되죠."

나는 그 말의 뜻을 알 것 같기도 하고 모를 것 같기도 했다. 선도 오래 보다 보면 상대의 모습에서 자신의 모습을 본다는 말만 어떤 화두처럼 들렸다.

구두에도 제가끔 표정이 있다

그는 1천 명 가까이 근무하는 대형건물 지하 일층 한구석에서 구두를 닦는 사람이다. 어쩌다 한번씩 그 곁을 지나칠 때 보아도 늘 쉰 켤레쯤 구두가 쌓여 있다. 잘 모르긴 해도 그는 옆 건물의 것까지 하루에도 족히 몇백 켤레의 구두를 닦을 것이다. 그런데도 그는 그 많은 구두에 대해 한 번도 헷갈린 적이 없었다.

물었을 때 그도 처음엔 이 사람 구두를 저 사람에게 가져다주고, 저 사람 구두를 이 사람에게 가져다주고, 때로는 주인들조차 그렇게 바꿔 신은 채 집에 가기도 했다는 것이다.

그러나 십오 년 넘게 구두만 닦아온 지금은 이 건물 안에서 맞은편에서 걸어오는 사람의 얼굴을 보지 않고 구두만 보고도 그가 누구라는 것을 알 정도라고 했다.

그때 그가 했던 말 중 지금도 잊혀지지 않는 말이 있다.

"내게는 구두가 그 사람 명함보다 자세해요. 크기와 모양을 보면 키와 몸무게를 대충 짐작할 수 있고, 뒤축을 보면 그 사람이 걷는 모습이 보이지요. 사람 얼굴에도 표정이 있지만 구두에도 표정이 있어서 그 사람의 성격이 어떨 거라는 것도 보이지요."

그가 바로 그 방면의 전문가인 것이다.

달래와 냉이의 이름 바꿔 부르기

달래와 냉이의 이름에 대해 헷갈리는 사람이 의외로 많다. 달래의 이름을 냉이로, 냉이의 이름을 달래라고 바꿔 불러야만 옳을 것 같다는 것이다. 입 안에서 뿌리 부근의 구슬을 깨물었을 때 향긋하고도 톡 쏘는 듯한 달래 특유의 상큼한 향기 역시 '달래'라는 이름보다는 '냉이'라는 이름에 더 어울린다는 것이다.

언제 처음 그런 착각이 왔는지 소설가 최성각 선배도 집에서 달래를 냉이로, 냉이를 달래로 부른다고 했다. "오늘 저녁에 냉이무침 먹고 싶은데." 이렇게 말하면 그간 그렇게 불러

왔던 말의 힘으로 선배 부인께서 '알아서' 달래무침을 만들어준다고 했다.

선배는 농담으로 '달래 냉이 이름 교체추진위'라도 만들어야겠다고 말했다. 그러자 당장 반론이 나왔다. 달래를 냉이로 부르고 냉이를 달래로 부르자면 냉이의 사촌동생 고추냉이도 '고추달래'로 불러야 한다는 말인데, '고추'와 '달래'를 한 이름 안에 합쳐놓으면 연예계도 아닌 봄나물계에 트랜스젠더 같은 느낌이 들지 않겠느냐는 것이었다.

모두 봄이 오니 하는 얘기였다. 실제로는 못 그러니 마음으로라도 어릴 때 배운 노래대로 '달래 냉이 씀바귀 나물 캐오자'는 얘기였다.

애드리브의 왕자

실제 드라마 대본이나 희곡 극본에 나오지 않는 즉흥적인 말의 연기를 애드리브라고 한다. 임기응변식의 연기가 되겠다. 애드리브가 이상하면 영화나 드라마의 경우는 그 부분을 다시 찍으면 된다.

문제는 연극이다. '인생은 연극'이라는 말이 있지만, 공연 시간 동안만큼은 오히려 연극이 인생보다 더 엄격한 부분이 있다. 공연 중 절대 실수를 해서는 안 되고, 실수를 하더라도 그 부분을 다시 연기할 수가 없다.

얼마 전 시인 공광규, 소설가 하성란, 희곡작가 손정희와 함께 오래도록 맥이 끊겨 있던 '문인극'을 다시 선보였다. 우리 작품에 우리가 출연한 것이다. 그런데 시인 공광규가 여러 군데에서 대사를 잊어버렸다. 소주 한 병 사들고 동생 집을 방문한 형의 역할이었는데, 봉지에서 소주병을 꺼내는 순간 대사를 잊어버렸다. 소주병 역시 먼저 연습을 하는 동안 뚜껑이 달아나고 없었다.

그러자 이 애드리브의 왕자가 눈 하나 깜짝 안 하고 이렇게 치고 나왔다. "너희 집 앞 슈퍼는 참 이상하네. 소주도 뚜껑 열어서 파냐?" 객석에서는 웃음이 터져 나왔고, 그날 우리는 이 애드리브의 왕자를 그의 성을 따서 '공공의 적'이라고 불렀다.

꽃보다 예쁘게 자라는 아이들

그의 집 베란다엔 볕이 잘 든다. 그의 아내가 몇 포기의 화초와 몇 그루의 꽃나무를 가꾼다. 그중에서도 그 집 네 살배기 아들이 틈만 나면 만지고 싶어하는 것이 제법 예쁜 모습으로 조록조록 열매가 달려 있는 능금나무 화분이다.

"이거 손으로 이렇게 따면 안 돼." "이거 손으로 따면 엄마가 맴매할 거야." 엄마는 수시로 그렇게 주의를 주었다. "엄마. 이거 손으로 이렇게 따면 안 되지?" 아이도 수시로 그렇게 확인을 했다. "그래. 이거 따면 엄마가 맴매할 거야."

그렇게 단단히 확인하고 주의를 주었는데도 어느 날 꼬마가 기어이 능금나무를 상대로 사고를 쳐놓았다. 엄마가 열매를 따면 안 된다고 그랬고, 그럼에도 그게 어떤 맛이 날까 궁금했던가 보다. 엄마가 시장에서 돌아와 보니 그 화분의 능금나무 열매들이 모두 이빨 자국이 나 있더라고 했다.

엄마가 열매를 따면 안 된다니까 그걸 손으로 따지는 못하고 나무에 붙어 있는 채로 죄다 입으로 꼭꼭 씹어놓은 것이다. 그러면서 엄마에게 "나, 그거 안 땄어요" 하더란다. 어느 집 아이나 그 나이엔 이런저런 사고(?)를 치며 능금나무 열매보다 더 예쁘게 자라는 것이다.

신혼여행 사진과 어린 관객들

얼마 전에 한참 아래의 후배에게 들은 얘기다. 일곱 살과 여섯 살의 연년생 아들을 두었는데, 요즘 이 아들들이 엄마, 아빠에 대해 부쩍 궁금한 게 많단다. 초저녁에 한 번 자고 일어나서는 늦은 밤 어른들이 잠자리에 들면 꼭 한 번씩 교대로 엄마, 아빠가 무얼 하나 안방 문을 열어보고 간다는 것이다.

또 며칠 전에는 이 녀석들이 엄마, 아빠 신혼여행 앨범을 죄다 꺼내놓고 낄낄거리더라고 했다. 어느 부부나 신혼여행 때 찍은 사진들은 더러 키스를 하거나 꼭 껴안듯 포옹하고 찍은 사진들이 있게 마련인데, 이 집의 악동들이 그 사진들을 펼쳐놓고 엄마, 아빠 몸매 감상을 한 것이다.

"히히. 이거 봐라. 엄마, 아빠 지금 뭐하냐?" 큰놈이 어떤 사진을 한 장 골라내 놓으니까 작은놈도 자기가 차지하고 앉은 앨범 속에서 비슷한 사진을 찾아내 함께 낄낄거리는 것이다.

엄마, 아빠가 신혼여행지에서 찍어온 '미성년자 관람불가' 내지 '초등학생 관람불가' 사진을 칠팔 년 후 자신들이 낳은 미래의 관객들이 바라보는 것이다. 후배는 그때 기분이 참 묘했다는데, 이거야말로 그 집만의 일이 아닐 것이다. 이런 사진이 있다면 다들 한집안의 어린 관객들 조심하길…….

그룹사운드 '콜라겐'을 위하여

나이 오십을 앞두고, 젊은 시절에 꿈은 있었으나 제대로 펼쳐보지 못하고 접은 음악의 꿈을 되살려 그룹사운드 하나 결성해보는 것은 어떨까. 다들 그건 좀 이루기 어려운 꿈이라고 할지 모르겠다. 강릉에 있는 내 친구들 중엔 이런 '미친 녀석'들이 여럿 있다.

그 지역에선 제법 잘 나가는 자영업자와 방송사 프로듀서, 현역 군인 친구까지 어울려 한 친구가 제공한 연습실에서 수시로 연습을 한다. 그냥 그 정도인 줄로만 알았는데 얼마 전 그룹사운드 이름을 지어달라고 해서 나는 일부러 심각한 얼굴로 '똥비 삼채 흔들고'가 어떻겠느냐고 말했다.

그랬더니 이 친구들이 정식으로 '콜라겐'이라고 이름 지었다. 콜라 깡통? 하고 되물으니 사람에겐 없어서는 안 될 필수 영양소로 스무 살 넘어 이것이 서서히 빠져나가면서 우리 몸이 늙는 것이라고 했다. 몸은 나이를 먹더라도 마음속의 콜라겐만은 잃지 말고 젊게 살자고 했다.

이 '콜라겐'이 그동안 피나는 연습을 거쳐 단오 축제 기간 어느 하루 오후부터 저녁까지 강릉종합운동장에서 지역 시민들을 상대로 공연을 펼친다. 정말 이 세상에 이보다 더 멋진 콜라 깡통들이 또 어디 있겠는가. 내 추억의 콜라겐, 파이팅!

세상

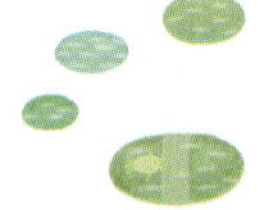

원조 집은 없다

음식점만큼 원조의 정통성을 가리는 분야도 드물다. 포천에 가면 거의 모든 갈비집이 다 '원조 이동갈비집'이다. '진짜 원조'도 나오고 '원조의 원조'도 나온다. 옥천 냉면 동네도 그렇고, 안동 찜닭 동네도 그렇다.

어떤 음식이 조금만 소문이 나면 바로 불붙는 것이 '원조'에 대한 정통성 확보이며, 또한 정통성 시비다. 이제 막 신장개업 하려고 준비하는 집 역시 제일 먼저 하는 일이 간판 제작 가게에 전화를 걸어 '30년 전통의 원조 간판'을 주문하는 것이다.

물론 맥락을 따지고 보면 그 많고도 많은 원조 집들 가운데 어느 한 집이 진짜 원조일 수는 있겠다. 그러나 여기저기 원조 간판이 오르는 순간, 그 거리 어디에도 진짜 맛의 원조는 사라지고 없다.

얼핏 보기엔 맛의 정통성을 내걸고 그것에 대해 시비하는 것 같지만, 실제 그들이 간판을 내걸고 시비하는 것은 맛에 대한 시비가 아니라 돈에 대한 시비이기 때문이다. 그래서 '진짜 원조'나 '30년 전통의 원조'나 '원조의 원조'나 '신장 개업 원조'나 그 맛이 그 맛인 것이다.

그걸 알면서도 사람들은 참 부지런히 원조를 찾아다닌다. 그러면서 하는 말이 "이 집도 아닌가벼"이다.

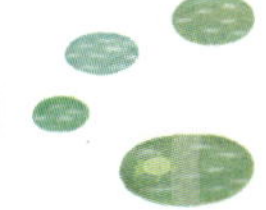

동구 밖 멀리

내일이 설이다. 오늘 밤, 동네 어느 집 아들이 제일 마지막으로 동구 밖 길을 걸어 마을로 들어올까.

양손 가득 선물을 들고 오는 아들딸들은 그믐날 늦지 않게 집으로 들어온다. 서울이든 부산이든 그들이 떠난 길이 아무리 멀다 해도 해 떨어지기 전에 마을 안으로 들어온다.

달도 없는 밤에 다른 사람들의 눈을 피해 숨어들듯 마을로 들어오는 축은 매년 정해져 있다. 남들은 두 손 가득 가족들 옷이며 캐시미어 담요며 전기밥통이며 전기요를 사들고 올 때, 아직 자기 자리를 잡지 못해 빈손으로 고향을 찾아야 하

는 젊은이들은 그 빈손이 부끄러워 늘 한밤중에 마을로 들어
온다.

문학백수였던 시절 나도 그런 축이었다. 남보다 더 많은
공부를 해 서른 몇 살까지 대학의 시간강사를 하던 한 후배
도 그런 축이었다. 명절 밤이기도 하지만, 그런 아들의 늦은
귀가를 위해 어머니는 우리 집 마당만이라도 더욱 밝게 불을
밝혀두었다.

더러는 이렇게 늦은 밤에도 집에 들어갈 처지가 못 되어
객지에서 혼자 쓸쓸하게 설을 보내는 아들딸들도 있을 것이
다. 그래도 혹시나 하고, 어머니는 낮부터 열두 번은 더 긴
목을 빼들고 동구 밖까지 나왔다 들어갔는데……

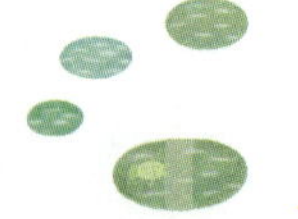 그렇게 아낀 시간에 우리가 하는 일

우리는 어릴 때부터 늘 시간을 아껴서 쓰라고 배운다. 시간은 금이다. 초등학교 4학년쯤만 되면 이미 이런 말을 직접 쓴다. 중학교쯤 들어가서 배우는 말이 '일촌광음 불가경'이다. 어려서부터 성인이 될 때까지 정말 그 시간이 아까울 정도로 우리는 시간의 중요성에 대해서 배우고 또 배운다.

하루 열 번쯤 타게 되는 엘리베이터의 닫힘 버튼 팍팍 눌러서 세이브하는 시간 삼십 초, 에스컬레이터도 뛰어오르고 뛰어내리며 얻는 시간 이 분, 남보다 헐레벌떡 점심식사를 하며 얻는 시간 오 분 등 저마다 바쁜 사람들이라 바쁜 방식으로 자기 시간의 일부를 확보해 나간다. 아침에 자리에서 일어나서부터 한밤중 잠자리에 들 때까지, 하루 일상에서 저마다 자기 방식으로 보다 바쁘게 움직여서 얻을 수 있는 시간이 팔 분에서 십 분 사이라고 한다.

문제는 이 금쪽같은 시간을 어디에 쓰느냐인데, 놀라지 마시라. 나도 그렇고 당신도 그렇고, 이렇게 애써 모으고 아낀 시간 팔 분과 십 분을 우리는 남 욕하는 데 써버리고 마는 것이다. 또한 하루 일과 중 가장 눈이 반짝반짝 빛나는 시간이 이 시간인 것이다.

이제 시간 너무 아끼지 말고 살자.

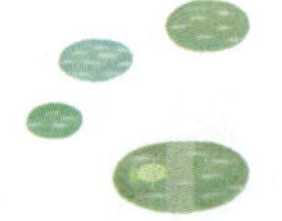

'내일이면 집 지으리 새'에 대하여

더운 여름, 추운 곳 애기 하나 해야겠다. 인도 설산에 가면 아주 게으르기 짝이 없는 새 한 마리가 있다. 얼마나 게으른지 그 추운 설산에 살면서도 절대 추위를 피할 둥지를 짓는 법이 없다. 밤이면 설산의 눈보라와 찬바람에 오들오들 떨면서 '내일이면 집 지으리, 내일이면 집 지으리' 하면서도 막상 날이 밝아 햇빛이 고루 퍼지면 지난밤의 고통 같은 것은 까마득하게 잊고 종일 놀기에 바쁘다.

그러다 다시 밤이 되면 설산의 추위와 눈보라에 오들오들 떨며 '내일이면 집 지으리'를 밤새 되뇌는데, 이 새의 이름이 바로 '한고조(寒苦鳥)'다. 도를 닦겠다고 불문에 들었어도 게을러서 제대로 도를 닦지 못하는 사람을 그렇게 불렀다고 한다.

가만히 생각해보면 이 게으름뱅이 새야말로 참으로 인간적이다. 꼭 추위를 피할 집이 아니더라도 우리야말로 어제의 다짐을 오늘에 잊는 일들이 얼마나 많은가. 내일엔 무얼 해야지, 다짐하면서도 막상 내일이 되었을 때 그 다짐을 잊고 그대로 넘어간 일들은 또 얼마나 많은가. 때로는 그 가운데 중요한 일도 많았던 것 같은데, 돌아보면 그 다짐 안 지켰다고 우리 삶이 크게 달라진 것도 없지 않은가 말이다.

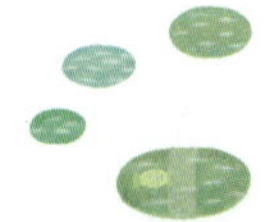

강아지의 아버님과 어머님

집에 강아지가 한 마리 있다. 크기가 작아 강아지라고 부르지 열 살쯤 먹은 제법 늙은 개다. 가끔 이 개 때문에 걸려오는 전화가 있다. 동물병원에서 예방접종의 일정을 알려주는 전화다. 대개는 전화를 걸어 "거기 깜비 집이죠?" 이렇게 말한다.

그런데 얼마 전 동물병원 여직원이 바뀌었다. 아주 예의바른 처녀다. 어쩌다 동물병원을 방문해보면 나이는 어리지만 말 한마디 한마디 하는 게 여간 예의바르지 않다. 그 예의바른 처녀는 우리 집에 전화를 걸어 꼭 이렇게 말한다.

"거기 깜비 댁이죠?"

그러면 뭔가 조금 낯선 기분이 든다. 마치 개가 우리 집의 가장이며 호주가 된 듯한 기분이 드는 것이다. 어제 예방 접종일을 알려주는 전화를 받고 개를 데리고 병원에 갔다. 개가 이런저런 검사와 주사를 맞는 동안 이 예의바른 처녀는 내게 또 이렇게 말했다.

"깜비 아버님, 커피 한잔 드시겠어요?"

아저씨라고 부르기도 아빠라고 부르기도 뭐해서 그렇게 부른 모양인데, 차라리 그럴 땐 내가 제일 듣기 싫어하는 '사장님'이 낫겠다. 집에 돌아와 나도 아내에게 그대로 해보았다.

"깜비 어머님, 커피 한잔 하시죠."

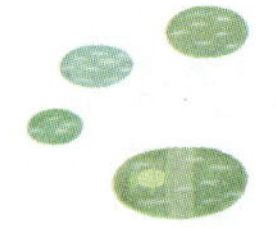

양들의 위험한 경주

양들은 혼자 있는 것이 불안하다. 어떤 경우에도 무리에서 이탈하지 않으려 한다. 그렇다 보니 수백 마리가 모이고 수천 마리가 모인다. 함께 모이니 마음은 든든한데, 이번에는 풀밭에서의 식사가 문제다.

수백 마리, 수천 마리가 떼를 짓다 보니 앞에 있는 양들은 풀을 뜯어 먹을 수 있어도, 뒤에 있는 양들은 앞의 양들이 그걸 모두 뜯어 먹었거나 짓밟아 먹을 풀이 없다. 뒤의 양들은 앞으로 나가려고 앞에 선 양들의 엉덩이를 민다. 앞에 선 양들도 점점 걸음이 빨라지고, 어느 순간 한 마리가 앞으로 뛰어나가기 시작한다. 그리고 그것을 신호로 양들의 위험한 집단 경주가 시작되는 것이다.

앞의 양이 뛰면 뒤의 양도 같이 뛴다. 왜 뛰는지도 모르고 뛴다. 이유는 오직 하나, 무리에서 처지면 안 되기 때문이다. 벼랑을 앞에 두고도 멈출 수가 없다. 양들의 슬픈 숙명이다. 스스로도 왜 그렇게 뛰어야 하는지도 모른 채, 모두 이 죽음의 경주에 참여하여 서로를 부추기는 것이다.

이런 양들을 우리는 불쌍히 여긴다. 그러면서 우리도 우리끼리의 무한경주 속에 우리를 밀어 넣는다. 둘러보라, 당신과 함께 뛰는 주위의 양들을······.

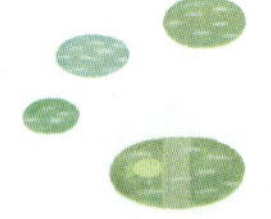

우리 일상을 불안하게 하는 것들

어느 날 그는 몹시 허둥지둥하다가 중요한 무엇인가를 빼놓고 온 듯한 기분으로 출근을 했다. 전철 안에서 그는 왠지 모를 불안감 속에 대체 내가 무엇을 빼놓았을까 골똘히 생각해보았다. 뭐지? 그러다 한순간 아차, 하고 그것을 떠올렸다. 휴대폰이었다.

그순간부터 그는 말할 수 없이 불안해지기 시작했다. 아침에 거실 탁자 위에 놓아둔 채로 그대로 나온 것이다. 사실 그에게는 많은 전화가 걸려오지도 않고, 또 그 스스로도 걸지 않는다. 한 달 휴대전화 요금도 3만 원 안팎이다. 그런데 그걸 집에 빼놓고 왔다고 생각하는 순간부터 어디에선가 지금 중요한 전화가 걸려오고 있는데 그걸 지금 자신이 못 받고 있는 느낌이 드는 것이었다.

회사에 도착한 그는 집에 전화를 걸어 아내에게 휴대폰을 가져오지 않은 얘기를 하고 지금 자기에게 걸려온 전화가 없느냐고 물었다. 아내는 없다고 했다. 오후에 다시 집에 전화를 걸었을 때에도 시골 동창 친구의 안부전화 말고는 없다고 했다. 그런데도 그는 하루 종일 무언가 중요한 연락을 받지 못하고 있는 듯한 느낌이 들었다. 우리의 일상을 구속하고 불안하게 하는 것은 뜻밖에도 그런 것들이다.

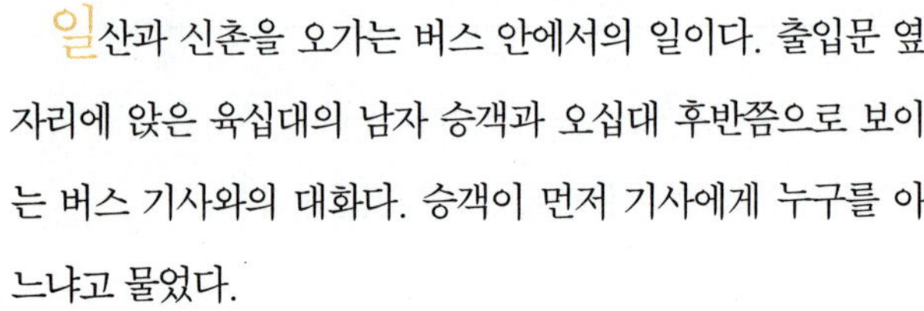

고수

일산과 신촌을 오가는 버스 안에서의 일이다. 출입문 옆 자리에 앉은 육십대의 남자 승객과 오십대 후반쯤으로 보이는 버스 기사와의 대화다. 승객이 먼저 기사에게 누구를 아느냐고 물었다.

"잘 모르겠습니다." "전에 이 버스 회사에 다녔던 사람인데……." "아, 그래요. 저는 이 버스 회사에 들어온 지 얼마 되지 않아서……."

그런데도 승객의 집요한 말붙임으로 이야기가 시작되었다. 버스 기사가 여러 유형의 승객에 대해서 말했다. 승강장에서 버스를 기다렸다가 타는 사람과 저쪽에서 뛰어와 타는 사람의 차이, 버스에 올라탄 다음에야 어디 가는 버스냐고 묻는 사람, 그 틈에 슬그머니 요금을 내지 않으려는 사람, 술이 취해 기사에게 시비 거는 사람, 빈자리가 있는데도 꼭 젊은 여자가 앉은 옆자리에 앉으려는 사람 등 그렇게 자기 눈엔 비친 승객들의 모습을 유형별로 말했다. 그러면서 덧붙인 말.

"그중에 제일 귀찮은 손님은 앞만 보고 운전을 해야 하는 기사를 붙잡고 자꾸 말을 붙이는 사람들이죠. 다른 승객들이 좋아하는지 싫어하는지도 모르고……."

그 말 한마디로 버스 안이 다시 조용해졌다.

빵과 미학의 차이

인터넷에 이런 말이 떠도는 것을 보았다. '강남 타워팰리스 안의 스타슈퍼에서 파는 이 물은 그린랜드 빙하 밑에 생성된 물이 수심 4,000m 이하로 내려가 수천 년 동안 인도양·태평양 밑을 거쳐 대순환하다 일본 고치 현에서 해수표면으로 솟구쳐 오른 것이다.'

거기에 누군가 빈정거리듯 이런 댓글을 달아놓았다.

'물이 그 수준이라면 타워팰리스의 돌은 우주 빅뱅 때 떨어져 나온 안드로메다 성운의 별 하나가 태양과 충돌한 파편들이 지구로 돌진해 지하 용암에서 2억 년을 견디다가 고베

지진 때 밖으로 튀어나온 돌로 추정된다고나 할까.'

용호상박이긴 하지만, 이런 뻥들은 깡통처럼 요란하기만 할 뿐 수사의 미학이 없다. 그러면 그게 뻔히 거짓말인 줄 알면서도 우리를 즐겁게 하는 말의 미학은 어떤 것이 있을까? 오늘 아침 내가 마신 차의 설명이 그랬다.

'중국 항주의 미인들이 청명날 아침 이슬로 세수를 하고 나와 입술로 물어 딴 차' 라고 했다. 그리고 그것을 더욱 미학적이게 하는 것은 그 차 값이 주먹만큼씩 넣어 한 봉지에 우리 돈으로 1만 원도 안 되었다는 사실이다.

옛날의 못된 전봇대들

연말이다. 이래저래 일 년 중 술을 제일 많이 마시는 때가 돌아온 것이다. 그래서인지 동창 모임 게시판에도 심심찮게 술 이야기가 올라온다. 더구나 젊은 시절 정신없이 마시던 때의 술 이야기는 다시 우리를 그 시절로 이끌듯 빙그레 웃음을 띠게 만든다.

어제 읽은 게시판의 술 이야기 하나.

'여러분도 술 마시고 전봇대 박아봤지요. 이십 년 전 벌건 대낮에 성남동 유곽에서 대여섯 가지 술 섞어 마시고 강릉역 쪽으로 걸어가는데, 거기 한전 담벼락이 자꾸 나한테 달려드는 겁니다. 그래서 그걸 피하려고 몸을 트니 이번에는 한순간 전봇대가 내 얼굴로 확 달려드는 거예요. 덕분에 얼굴에 시커먼 멍 한동안 달고 다녔는데, 그러면서도 술자리라면 빠지지 않고 참 악착같이 따라 다녔지요.'

그러자 거기에 이런 답글이 올라왔다.

'요즘 전봇대는 품질이 좋아서 안 그러는데, 옛날 우리 젊은 시절 전봇대들은 거의 다 불량품이어서 툭하면 길 가는 사람에게 다가와서 괜히 시비 걸며 얼굴을 치곤 했지. 또 그때는 아스팔트도 맨 부실공사의 불량도로들이어서 지 마음대로 벌떡 일어나 길 가는 사람 이마를 까곤 했다니까.'

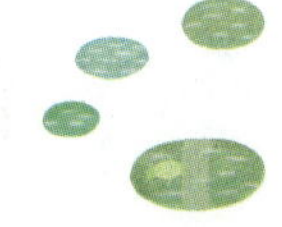

저 눈 같고 솜 같은 종이

내가 어릴 적엔 이사를 하거나 새로 지은 집을 방문할 때는 꼭 성냥을 가져갔다. 때로는 안방 문 위에 쌀을 일 때 쓰는 조리를 걸고 그 조리에 성냥을 담아두기도 했다. 불처럼 확 일어나라는 뜻이었을 것이다. 그래서 'UN 팔각표'나 '비사표' 말고도 꼭 그런 용도에 쓰라고 '돈표' 성냥이 있었다.

그러던 것이 어느 때부턴가 집들이의 기본 선물이 세제로 바뀌고, 휴지로 바뀌었다. 나는 내 나이 열세 살 때, 그러니까 지금으로부터 꼭 삼십오 년 전에 휴지를 처음 보았다. 그때 우리에게 휴지란 이미 배운 책을 찢은 종이거나 신문지뿐

이었는데, 할머니 제사를 지내러 온 서울 고모부가 주머니에
서 눈처럼 하얗고 솜처럼 푹신하며 또 있는 듯 없는 듯 무게
감도 잘 느껴지지 않는 얇은 종이 수건을 꺼내 팽, 하고 코를
풀어 던지는 것이었다.

　아니, 세상에 코 한번 풀자고 저렇게 눈 같고 솜 같은 종이
를 쓰다니. 그것도 수건처럼 여러 번 쓰는 게 아니라 단 한
번 팽, 하고 버리다니.

　아무리 흔해도 저러면 죄받지 않나 싶을 만큼 대관령 아래
산골 소년은 그런 고모부와 서울 사람들의 삶을 도저히 이해
할 수가 없었던 것이다.

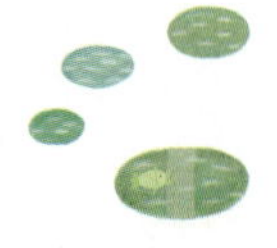

1960년대 후반, 시골 장정들이 돈을 만질 기회는 아름드리 나무를 베어내는 산판장을 찾아가는 일밖에 없었다. 군대에 막 다녀온 이웃집 형 역시 그렇게 한 달 보름가량 허리가 부러져라 나무를 베고, 목도를 하고, 그걸 자동차가 다니는 길까지 끌어내리고 받은 품삯 거의 전부를 들여 야광 손목시계를 차고 마을에 나타났다.

"이건 밤에도 볼 수 있어."

어두우면 어두울수록 더욱 새뜻하게 빛나던 그 야광시계는 그것을 손목에 걸치고 있는 것만으로도 한 시골 청년의 자랑이 될 수 있었다.

그로부터 삼십 몇 년이 지난 지금 우리 집엔 아무도 차지 않아 그냥 보관만 하고 있는 시계가 여러 개 있다. 이런저런 회사에서거나 기관에서 받은 시계들인데 아마 다른 집도 사정이 비슷할 것이다.

아직도 우리나라에 시계가 부족하다고 생각해 이런저런 행사 때나 방문 기념으로 시계를 나누어주는 사람들아. 그 시계에 무얼 쓰고 싶거든 시계 뒷면에 쓰지 앞쪽 숫자 판엔 제발 그 시계를 주는 자기 이름이거나 회사 이름 좀 쓰지 마라.

그것은 멀쩡한 시계를 두 번 죽이는 일이라 아무도 차지 않고 그냥 처박아 두고 있는 것이다. 아이들 말대로 그런 시계를 차고 다니는 게 얼마나 '쪽 팔리는' 일인지 시계를 나누어주는 사람들만 모르고 있는 것 같다.

치즈가 후추가 되고, 목욕이 숙제가 된 사연

우리가 어릴 때 아버지와 어머니는 우리가 모르는 일본 말로 비밀 얘기를 주고받았다. 나중에 여러 번 듣다 보니 '오 카네' 뭐 이런 말이 나오면 돈 때문에 걱정하시는구나, 하는 걸 알았다.

그리고 어른이 되어 아내와 나도 아이가 모를 말로 '오늘 그랜드마더 프레젠트 때문에 디파트먼트 스토어에 갔는 데……' 하는 식으로 이야기를 주고받았다. 그러지 않으면 유치원에 다니는 아이가 우리 말을 가만히 듣고 있다가 우리 보다 먼저 할머니에게 전화를 걸어 선물 얘기를 하기 때문이었다.

그런데 요즘 우리 부부는 다시 그 시절처럼 말을 조심해서 쓰고 있다. 키운 지 십 년 되는 강아지 때문이다. '깜비'라는 자기 이름 외에도 '맘마' '먹이' '치즈' '아이스크림' '목욕' '미용'과 같은 말을 귀신처럼 알아들어 "여보, 깜비 목욕 좀 시켜요" 하면 침대 밑에 들어가 나오려고 하지 않는다. "개, 치즈 좀 줘요" 했는데도 미처 주지 않으면 빨리 내놓으라고 옷자락을 물고 늘어진다. 그래서 우리 집에서 '치즈'는 '후추'가 되고, '목욕'은 '숙제'가 되었다. "여보, 재 숙제 좀 해 줘요." 그래야 침대 밑으로 숨지 않는다.

단 한 번도 부엌에 나와 보지 않은 아이

집에서 아이들에게 물을 아껴쓰라는 말을 할 때마다 슬 며시 떠오르는, 얼굴도 이름도 모르는 한 아이가 있다. 몇 년 전 '물 아껴쓰기 글짓기대회'에 심사를 나갔다가 만난 학생 이었다.

전국에서 수천 편의 원고가 응모되어도 이야기는 몇 가지 패턴 속에 움직인다. 자신들이 배우는 환경 교재 속에도 나 오는 한 작은 물방울의 순환을 의인화하여 그린 '나는 물입 니다'를 모방하여 쓴 원고가 가장 많고, 구체적으로 물을 아 끼는 방법에 들어가서는 화장실을 사용할 때마다 매번 물을 내리지 말고 두 번에 한 번쯤 내리자는 다소 엽기적인 제안이 가장 많았다.

그중에서 내가 본 가장 엽기적인 제안은 '화장실 버전'을 그대로 부엌에 옮겨간 어느 중학생의 글이었다. 설거지를 밥 먹을 때마다 하지 말고 저녁에 모아서 한꺼번에 하면 많은 양의 물을 줄일 수 있다는 것이었다.

심사위원들 모두 돌려가며 보고 웃었는데, 누군가 이렇게 말했다. "물을 아끼기 위해 우리 모두 일회용 그릇을 씁시다, 하지 않는 것만도 다행이지 뭐."

목적과 취지가 바뀌면 누구나 저렇게 엉뚱하고도 용감하게 말할 수 있는 것이다.

외환은행과 애한은행

예전에 소설 '은비령'을 발표하고 나서 얼마 되지 않았을 때 일이다. KBS '라디오 독서실'에서 그 작품을 다룬다고 해서 방송국에 나갔다. 평론가 김선학 선생이 진행을 맡고 있었다. 고향이 경상도인 그분은 방송 내내 '은비령'을 '언비령'이라고 말했다. 다음 주엔 은희경 씨의 작품 '서정시대'를 준비했다는데, 그날 클로징 멘트가 이랬다.

"오널언 이순원 씨의 언비령을 함께 살펴보았습니다. 다엄 시간언 언희경 씨의 서정시대럴 함께 살펴보도록 하겠습니다."

그런 식으로 나도 단어 앞에 '외' 자만 나오면 일단 쥐약이다. 일산에서 서울로 외출할 때 전철역까지 나를 태워줄 택시를 콜할 때마다 '밤가시마을 외환은행'을 '방까시말 애한은행'이라고 말한다. 나는 제대로 말하는 것 같은데, 옆에서 듣는 아내는 내가 늘 그렇게 말한다고 한다. 어떤 날은 제대로 말해야지 하고 신경쓰다 보면 오히려 입술에 힘이 들어가 꼬이는 듯한 느낌이 든다.

그러니 정말 어떤 우스개 얘기대로 외무부 같은 곳에 근무 안 하기 천만다행인 것이다. 만약 거기에서 근무한다면 만날 외무 업무가 아니라 애무 업무를 한다고 말할 것이다.

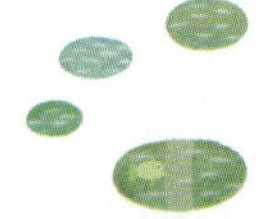

모두 자기 관점에서만 본다

이십여 년 전 오일 쇼크로 하루가 다르게 물가가 뛸 때 하숙집 방 안에서 들은 얘기다.

그날 마치 무슨 연극이라도 하듯 이웃집 아주머니들이 한 사람 한 사람 주인집 아주머니를 찾아와 마루에서 이야기를 하는데, 택시기사 부인은 다른 것은 다 올랐는데 택시비만 안 올랐다고 했고, 공무원 부인은 다른 사람들의 품삯은 다 올랐는데 공무원들의 봉급만 그대로라고 했고, 미장원 아주 머니는 미장원 아주머니대로 다른 건 다 올랐는데 머리 값만 그대로라고 했다.

그들이 가고 나자 하숙집 주인 아주머니 혼자 이렇게 말했다.

"정말 다른 건 다 오르고 하숙비만 안 올랐네."

어제 나는 허리가 아파서 척추 디스크 전문병원에, 아내는 치통 때문에 치과엘 각자 다녀왔다. 내 눈엔 세상 사람들의 절반이 디스크 환자로만 보이고 그들의 허리에만 시선이 가 매달렸다. 저녁 식탁에서 아내는 하루 종일 남의 입과 양 볼만 쳐다보았다고 했다. 그러고 보니 집에서도 며칠 동안 나는 아내의 허리를, 아내는 내 얼굴만 쳐다보며 지냈던 것 같다. 사람이든 세상이든 어느 한 곳이 아니라 여러 곳을 두루 바라볼 때 건강하고 아름답다.

책상서랍 속은 또 하나의 세상이다

책상 정리는 자주 해도 서랍 정리는 자주 하지 않는다. 책상 정리를 하며 책상 위에 놓아두기도 무엇하고 그렇다고 아주 치워버리기도 무엇한 물건들은, 또 금방 치우기 귀찮은 물건들은 죄다 서랍 속으로 들어간다.

며칠 전 어떤 물건을 찾느라고 서랍을 아예 책상에서 꺼내 그 속을 뒤진 일이 있다. 편지 칼, 예전에 쓰던 라이터와 두통약, 수많은 사람들의 명함, 쓰지 않은 수첩, 각종 필기구, 하나는 쓰고 하나는 남아 있는 건전지, 정말 없는 것이 없다.

그중엔 책상서랍 속에 넣어두어서는 안 될 물건도 많다.

뒤지다 보니 손수건이 책상서랍에서 나오고, 부엌용 과도도 그 속에서 나온다. 어떻게 이런 게 다 서랍 안에 들어가 있을까 싶게 커피가 말라 찌든 도자기 잔과 예전에 재떨이로 사용하던 대접도 그 속에서 나온다.

그걸 바라보다 우리 작은아이가 이렇게 말했다. "밥하고 라면만 없지, 정말 없는 게 없네요." 그러고 보니 한쪽 구석에 라면 스프까지 봉지가 터진 채 있는 것이었다. 정말 책상 서랍 속이야말로 또 하나의 감춰진 세상이었다.

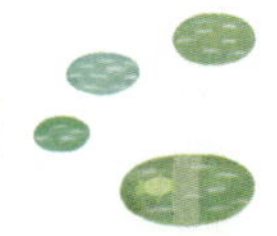

텔레비전이 처음 나왔을 때

중학교 1학년 때도 그랬지만 2학년이 되자 강릉 시내에 사는 아이들이 더욱 부러웠다. 내가 사는 마을엔 전기조차 들어오지 않는데, 봄부터 시내엔 텔레비전이 나온다고 했다.

다른 건 몰라도 텔레비전은 강릉 지역이 참 늦게 나왔다. 대관령에 중계탑을 세워 전파를 쏘아주어야 하는데, 그동안은 군사상의 보안 때문에 중계탑을 세우지 못하다가 뒤늦게 그걸 세워 강릉 지역도 텔레비전을 볼 수 있게 된 것이다.

그러나 우리 마을하고는 아무 상관이 없는 얘기였다. 학교에 가면 시내에 사는 친구들이 노는 시간마다 연속극 '여로'

에 대한 얘기를 했다. 아이들의 입을 통해 그 연속극에 '영구'라는 바보가 나오는 줄 알았다. '영구'를 모르면 텔레비전도 볼 수 없는 곳에 사는 촌놈이어서 대화에 낄 수도 없었다.

내 인생에서 문명으로부터 어떤 가치를 박탈당하는 경험을 그 시기에 가장 뼈저리게 하지 않았나 싶다. 누구보다 빨리 어른이 되고 싶어 학교를 다니던 중간에 대관령에 올라가 배추농사를 지었던 것도 어쩌면 그래서였는지 모른다.

예나 지금이나 세상의 중심에 텔레비전이 있다. 지금 우리 아이의 눈에도 그런 것 같다.

고대 그리스 철학자들의 축구 시합

머칠 전 그리스와 우리나라의 축구 경기를 보기 전까지 나는 그리스가 2004 유럽컵 우승국이라는 것만 알았지, 그 나라에 어떤 선수들이 있는지 전혀 몰랐다. 그러다 우리나라와의 경기 때 텔레비전 화면에 죽 소개되는 그리스 선수들의 이름을 보고 깜짝 놀랐다. 델라스, 자고라키스, 카라구니스, 니코폴리디스, 세이타리디스, 카리스테아스 등 열한 명의 스타팅 멤버 중 열 명의 이름이 스, 스, 스였다.

그러자 갑자기 내 머릿속으로 와르르 쏟아지듯 생각나는 이름들이 있었다. 만물의 근원이 물이라는 탈레스를 시작으로 아낙시메네스, 피타고라스, 크세노파네스, 헤라클레이토스, 파르메니데스, 엠페도클레스, 페리클레스 등 오래전에 배웠으나 그동안 잊고 있던 꽤 많은 수의 스, 스, 스 형제들이 떠오르는 것이었다.

대지의 신 가이아의 땅에서 그들이 축구를 한다. 삼각 패스는 피타고라스가, 헤딩은 헤라클레이토스가, 최종 수비는 안티스테네스가, 위협적인 태클은 페리클레스가, 그래서 부상은 유리피데스가 입고, 시민을 위한 중계방송은 호머가 마이크를 잡고 앉았을 것이다. 축구를 보는 내내 나의 상상력은 엉뚱한 쪽으로만 뻗어 나가고 있었다.

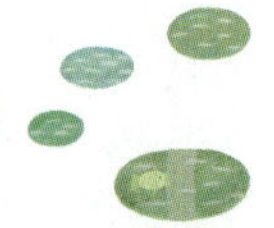

옛날 무쇠 솥을 생각하며

어린 시절엔 어른들의 상상 밖의 것들이 늘 궁금했다. 내가 바라보지 않는 동안 거울 속의 세계는 어떨까 하는 것도 궁금했고, 무쇠 솥 속에서 밥이 끓는 모습 또한 그것이 어떻게 끓고 있는지 궁금했다.

말하면 어른들은 별 게 다 궁금하다고 퉁을 준다. 아이들이 궁금해하는 것과 어른들이 궁금해하는 것의 차이만으로는 설명할 수 없는 무엇이 있다. 그러다 사춘기가 지나며 이상하게 두 가지 궁금증 모두 자신도 모르는 사이 시들해지고 말았다. 거울 속이야 안 들여다봐도 뻔한 세상임을 알게 되었고, 무쇠 솥 역시 그냥 그 속에서 밥이 끓겠거니 여기게 되었다.

아이에게 너는 밥솥에서 밥이 어떻게 끓고 있는지 궁금한 적이 없느냐고 물었더니, 어린 시절 어른들이 나를 바라보던 얼굴로 아이가 내 얼굴을 바라본다. 이놈은 그런 동심도 없나 싶어 뜨악하게 마주 바라보다가 아차, 하고 깨닫는다.

요즘 솥은 뚜껑이 투명한 것도 많다. 밥이 끓는 모습도 볼 수 있고, 국이 끓는 모습도 볼 수 있다. 그래서 속이 시원하다기보다는 왠지 보여주지 않아도 될 것을 보여줘 밥과 음식이 만들어지는 동안의 신비감만 없앤 느낌이다.

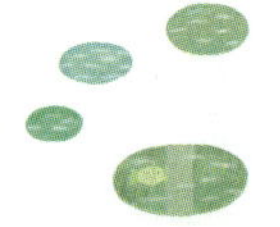

내 추억 속의 복날 풍경

마을 앞 냇가에 커다란 화덕을 만들고, 어느 해엔 거기에 소머리를 삶기도 하고 또 어느 해엔 동네의 큰 개 한 마리를 잡기도 한다. 모두들 든든하게 점심을 먹고 나면 부락의 가장 나이 든 좌장 어른께서 동네 젊은이들을 불러 조용조용 타이른다.

"저기 길 옆에 너희 집 논 말이다. 이대로만 가면 큰 수확을 하겠더라. 그런데 다른 동네 사람이 보면 이 동네는 논에 피를 저렇게 세워놓아도 그걸 나무랄 어른도 없나 그럴까봐 내가 얼굴을 들지 못하겠다."

또 지난겨울 노름을 했던 아저씨를 불러서는 "이제부터는 손끝에 힘 쓸 거 있으면 그 힘 논밭에 다 쓰고, 다시는 화투장 같은 거 쥐지 마라"고 타이르고, 울 너머로 늘 큰 소리를 내는 집에 대해서는 이제는 애들도 커가는데 그러면 되겠느냐고 타일렀다. 그러고는 마을 젊은이 모두에게 축제의 선포처럼 이렇게 말씀하셨다. "이제 하늘이 놀라고 땅이 놀라도록 어디 한번 신명을 내 놀아보아라."

내가 본 농경사회의 마지막 풍경이다. 아메리카 인디언처럼 힘없는 그들은 이제 사라졌다. 지금은 그 자리에 외지인들이 몰려와 나일론 자리를 깔고 앉아 안팎 간에 허연 맨살을 드러내고 화투를 친다.

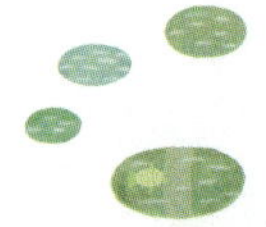

그 도롱뇽은 어디로 갔을까

옛날이야기 속에 어느 선비가 길을 가다가 목이 말라 염치 불구하고 동네 우물가에 들렀다. 그때 마침 한 처녀가 물을 길으러 우물가로 나왔다. 물 한 바가지를 청하는 선비에게 처녀는 물 위에 버들잎 한 잎 따서 띄워준다. 급히 마시다가 기갈 들지 말라는 뜻이다.

요즘은 시골에 가도 우물이 있는 동네가 드물다. 집집마다 깊게 땅을 파서 부엌에서 바로 지하수를 끌어올린다. 그리고 예전에 있던 우물을 위험하다고 모두 메워 자취만 남게 되었다.

예전에는 그 우물 안에도 참 많은 것이 있었다. 깊은 우물 속엔 한 번도 모습을 드러낸 적이 없는 마을 지킴이가 살고, 얕은 우물 속엔 도롱뇽과 때로는 개구리까지 뛰어 들어와 함께 살았다.

우물 안쪽으로 쌓은 석축에 파래처럼 푸른 청대가 끼면 동네 엄마들이 모여 우물을 치고 청소를 한다. 그때에도 개구리는 우물 밖으로 쫓아도 도롱뇽은 다시 그 자리에 놓아둔다. 그건 왜 놔두냐고 물으면 어른들은 이렇게 말했다. 도롱뇽이 사는 우물물은 임금님께 떠다 바쳐도 된다고. 그만큼 깨끗한 물에만 산다는 얘기일 것이다. 이 봄, 문득 그들의 안부가 궁금해진다.

꽃과 눈이 함께 가는 봄날

계절에 관계없이 날씨가 더우면 사람들은 윗옷을 벗는다. 2월에 반소매 차림이다. 물론 그 옆에는 두꺼운 옷을 입고 다니는 사람이 더 많다. 아무리 날씨가 따뜻해도 아직은 여섯 장짜리 달력의 첫 장도 넘기지 않은 2월이기 때문이다.

그 2월 셋째 주말에 길 위에서 색다른 날씨 경험을 했다. 정년퇴임을 하시는 초등학교 때 은사님을 뵈러 갔다가 강릉에서 활짝 핀 매화를 보았다. 어느 음식점의 후원이었는데, 나로서는 새해 첫 꽃이었다.

또 바닷가에 나가서는 반소매 티셔츠를 입고 돌아다니는

젊은이들을 보았다. 서울에도 그날 반소매 셔츠를 입고 다닌 사람이 많다는 얘기를 들었다. 봄보다 여름이 먼저 오나 싶었다.

그러나 웬걸 다음 날 서울로 올라오는 길, 대관령에는 하염없이 눈이 내리고 있었다. 얼핏 보기엔 이번 겨울의 마지막 눈 같지만, 절대 그렇지 않다. 3월이 되면 전국 방방곡곡의 꽃 소식이 들려오듯 내 고향 대관령엔 봄눈이 내린다. 더러는 4월에 내리는 늦눈도 있다.

제법 발 넓은 사람처럼 우리 국토가 좁다고 함부로 말하지 마라. 이 땅 위에 하루 사이에도 두 계절, 세 계절이 함께 간다. 꽃과 눈이 우리 봄날 사이로 함께 간다.

뽀송뽀송한 여름 나기

'뽀송뽀송'은 그 말의 느낌부터 참 뽀송뽀송하다. '잘 말라서 물기가 아주 없다'는 사전적 의미만으로는 그 느낌을 다 설명할 수가 없다. 뽀송뽀송은 그냥 '단순 건조'가 아니기 때문이다. 그것은 잘 마름 속에 부드러움과 쾌적함을 동시에 지녀야 한다.

그러면 대체 얼마나 부드럽고, 얼마나 시원하며, 또 얼마나 잘 마른 느낌이 들어야 뽀송뽀송하다고 말할 수 있을까. 갑자기 생각나는 건 많지 않지만, 이런 정도면 어떨까. 풀을 해 그늘에 잘 말린 모시 수건을 가만히 손 안에 쥘 때의 느낌이 꼭 그러하지 않을까. 바람 시원한 마당가에 멍석을 깔고, 그 위에 돗자리 한 닢 더 깔고, 거풍 잘 시킨 삼베 홑이불을 종아리에 감고 한 시간 정도 낮잠을 잘 때의 느낌 또한 그러하지 않을까. 아침 이슬에 적셨다가 한낮 땡볕에 바짝 부풀린 여름 솜 요에 맨 등을 댔을 때의 느낌은 또 어떨까.

책상 앞에 앉아 하루 종일 뽀송뽀송에 대한 생각만 한다. 그 모습을 보고 아내가 그런 뽀송뽀송함은 모두 지난날의 추억 속에서만 있는 거니까 열심히 원고나 쓰라고 한다. 그래, 당신이 그렇게 말하지 않더라도 오늘 참 무지 덥다 정말…….

숲을 가꾸는 새

어떤 새가 숲을 지킨다고 하면 우리는 그래, 그럴 수 있지, 하고 그 의미를 상징적으로 받아들인다. 숲 속에 사는 것만으로도 새는 숲을 지키는 것이다. 그러나 어떤 새가 단순히 지키는 것을 넘어 숲을 가꾼다고 하면 그 의미는 또 조금 달라진다.

어치라는 새가 있다. 몸 길이는 까마귀나 까치 정도이고 참나무 열매인 도토리를 즐겨 먹는다. 새의 분포지역도 참나무의 분포지역과 일치한다. 도토리 열매가 많은 우리나라는 전역에서 볼 수 있다. 무리 생활을 하며 한번 집단으로 울기 시작하면 여간 시끄럽지 않다.

다른 새들과 달리 어치는 먹이를 숨겨두는 습성이 있다. 자기만 아는 어떤 장소에 열심히 도토리를 모아놓는 것이다. 그러나 사람도 가끔 자기가 물건을 둔 곳을 잊을 때가 있는데, 새인 어치는 또 여간하겠는가.

어치가 열심히 숨겨놓고 잊어버린 도토리가 싹을 틔우고, 그것이 다시 거대한 참나무 숲으로 변한다. 독일이 그 아름다움을 자랑하는 '검은 숲'도 처음엔 어치가 가꾼 것이었다. 지금 우리나라의 참나무 숲도 어치의 건망증으로 일 년에 수만 그루의 새 나무가 자라나고 있는 것이다. 새의 건망증으로 숲이 자라는 것이다.

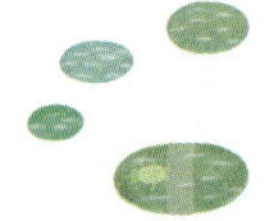

길 위에서 만난 아름다운 젊은이

한쪽 길 옆엔 포장마차들이 즐비하게 늘어서 있었다. 길 위엔 자동차들이 양 방향으로 전속력을 내 질주하고 있었다. 그러더니 갑자기 끼이익, 하는 소리와 함께 연달아 자동차 클랙슨이 울렸다.

포장마차 뒤쪽에 진을 치고 있던 고양이 한 마리가 길 이쪽에서 저쪽으로 건너가려다 맨 앞에 달려오는 자동차에 부딪혀 몸이 솟구친 다음 두 번째 자동차에 다시 몸이 깔리고 말았다. 이어 세 번째 자동차가 그 위로 지나갔다.

모두 얼굴만 찡그리고 있었다. 이윽고 신호가 끊기자 밖에서 기다리고 섰던 한 젊은이가 얼른 길 한가운데로 뛰어들었다. 젊은이는 죽은 고양이를 살포시 안아 밖으로 내와 포장마차에서 나온 빈 박스에 그것을 담아 처리하곤 다시 제 갈 길을 떠났다.

그날 밤, 그 젊은이가 아니었다면 그곳을 지나가는 수많은 자동차들이 연신 그 고양이를 밟고 지나갔을 것이다.

세상 어른들아. 이제 나이 먹고 입 열렸다고 요즘 젊은이에 대해 함부로 말하지 마라. 내 아들이고 당신 아들이면 그렇게 하지 못했을 것이다. 우리는 아이를 그렇게 가르치지 못했다. 그 젊은이는 우리보다 아이를 잘 가르치고 잘 키운, 우리 이웃의 어떤 어른의 아들인 것이다.

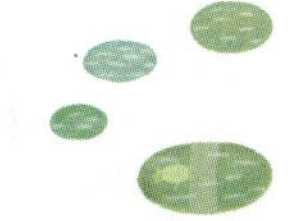

고향마당에서 하는 생각

어머니가 싸준 설음식, 지난해 초여름 단지에 따 담아 보
관했던 매실 절임, 참기름, 고춧가루, 땅속 무 구덩이와 감자
구덩이에서 파낸 무, 배추, 감자, 가짓수를 알 수 없는 밑반
찬, 올망졸망한 봉지마다 가득 든 각종 잡곡, 그리고 어김없
이 자동차 트렁크 한 구석을 채우고 있는 집 앞 논의 쌀 한
포대. 그 쌀의 의미가 바로 이 집 아들이라는 뜻이다.

풀어놓으면 참 많기도 하다. 그런데도 아버지와 어머니는
늘 더 싸주시지 못해 자동차 트렁크의 빈 자리가 없나 살피
신다. 고향의 형님 역시 하나라도 더 실어주기 위해 그 짐들

을 이렇게 실어보고 저렇게 실어본다. 그래서 겨우 한 공간이 생기면 거기에 또 새로운 짐 하나를 채워주신다.

언제나 내가 보답하는 것보다 받는 사랑이 더 크다. 갈 때마다 이제는 좀더 자주 와야지 하면서도 그 생각 역시 고향 집 마당에 섰을 때뿐이다. 처음 내가 세상을 향해 길을 떠났던 자리가 그곳이고, 언젠가 그 길을 마무리하는 자리 역시 바로 그곳일 텐데도 그렇다.

객지에 나가 있어도 근본은 바로 저 마당 안의 사람임을 생각하며 새해에는 더 바르게 생각하며 살아야겠다. 늘 옳은 생각 속에 살아야겠다.

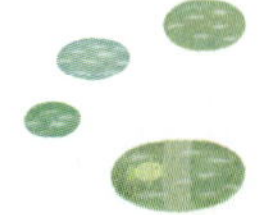

아내를 위한 문학상

어제 예전에 다니던 회사에 다녀왔다. 계산을 해보니 회사를 그만둔 지 꼭 구 년째 된다. 보통 작가 약력 안엔 회사 약력을 안 쓰는데, 나는 지난날의 연보에 꼭 회사 이야기를 한다. 신인작가 시절 경제적으로도, 또 회사 안에서의 창작 활동에 대해서도 많은 배려를 받았다.

나뿐만 아니다. 몇 년 전에 타계한 소설가 김소진도 같은 직장에 있었고, 그 다음 해 같은 신문 신춘문예에 연이어 당선된 소설가 한융희도 같은 사무실에 있었다.

어제 나갔던 것은 그 회사에서 운영하는 '배우자 문학상'

때문이었다. 문화 쪽과 특별히 관계가 있는 회사도 아니다. 담보가 없거나 부족한 기업의 보증을 서주는 업무만큼이나 회사 이름도 그런 쪽으로 각이 딱딱 지는 '신용보증기금'이라는 곳이다.

그런 문학상을 만든 것은 외환 위기 때 직원의 10퍼센트 이상이 회사를 떠나는 구조조정의 아픔을 겪으면서 집과 회사 사이의 유대감을 높이기 위해서라고 했다. 취지가 아름다우면 거기에 모이는 뜻도 아름답다. 그래서인지 응모작마다 아름답고 깊은 사연이 있다.

세상에 참으로 많은 문학상이 있지만, 이런 이름의 문학상이야말로 좀 곳곳에 있었으면 좋겠다. 세상이 보다 환해질 것 같다.

상수리나무의 세상 사랑

보통 나무들은 가을에 빨갛거나 노랗게 단풍을 들인 후 곧 낙엽을 떨어뜨린다. 그러나 하루도 쉬지 않고 북풍이 몰아치는 저 설악의 북면(北面) 산에도 겨울이 다 가고 봄이 올 때까지 제 몸의 마른 잎을 그대로 붙이고 선 나무들이 있다.

집 뒷길 산책로에 나서면 매화는 이미 오래전에 피었고, 그 뒤를 이어 산수유가 피고 목련이 피고 살구꽃과 복숭아꽃이 피었다. 그런데 그 한쪽에 아직도 지난가을의 마른 잎을 그대로 몸에 달고 선 나무가 보인다. 물론 몸에 달고 있는 잎보다 떨어뜨린 잎이 더 많겠지만 지금 달고 있는 잎만으로도 충분히 옷을 이룰 양이 된다.

그 나무가 바로 참나무이거나 상수리나무, 도토리나무다. 한 가지 놀라운 것은, 저 상수리나무와 도토리나무들은 가을에 산 위에서 들을 바라보고 섰다가 들판에 풍년이 들면 열매를 조금 맺고 흉년이 들면 그해 식량이 귀한 식구들을 생각해 열매를 많이 맺는다고 한다.

물론 학술적으로 보고된 내용은 아니다. 몇 년 전 강원도 정선에서 어느 나이 많은 노인에게 들은 얘기다. 정말 기가 막히지 않은가. 나무의 세상 사랑이. 또 그걸 지켜본 노인의 얘기가.

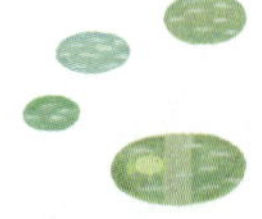

내 머릿속의 나무 지도

우리 아이들은 이 동네에서 어느 게임방이 같은 가격에
도 서비스 시간을 가장 많이 주는지, 또 같은 천 원짜리 떡볶
이라도 어느 분식점이 가장 양이 많은지 귀신처럼 파악하고
있다. 그걸 어떻게 아느냐니까 학교를 다니면 저절로 알게
되어 있다고 말한다.

또 우리 집 아이들은 길거리에 쉴 새 없이 오고 가는 자동
차들의 뒤꽁무니를 슬쩍 바라보는 것만으로도 그 차의 차종
을 금방 알아낸다. 이것 역시 일부러 알려고 하지 않아도 저
절로 다 알게 되어 있다고 말한다.

그런 식으로 어릴 때 우리 형제도 밤나무 산에 있는 1백여 그루 이상의 밤나무 가운데 어느 나무의 밤이 가장 빨리 익는지, 또 알이 가장 굵은지 일부러 그 나무 아래에 가 조사를 하지 않더라도 서로 잘 알고 있었다. 때로는 밤알만 보고도 어느 나무 아래에서 주운 것인지 알아맞히기도 한다.

이렇게 시골에서 자란 어른들의 머릿속엔 고향 마을의 나무 지도가 그려져 있다. 일반 지도에 온천이나 절, 학교 같은 것이 표시되어 있듯 그의 머릿속 지도에도 봄부터 가을까지 칡, 딸기, 오디, 버섯, 다래, 머루, 도토리 등이 많이 나는 곳이 요소요소에 표시되어 있다.

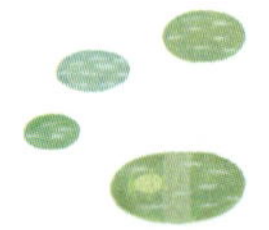

어릴 때 배운 고사성어 하나

여름방학 때부터 가을 초입까지 나와 동생은 거의 매일 마을 앞 도랑을 뒤졌다. 쪽대로 고기를 잡는 것이 아니라 술을 거르고 곡식 가루를 치는 체를 들고 다녔다. 또 옆에는 동생이 고기를 담을 주전자를 들었다.

어느 날 고기를 잡은 다음 길가에서 노느라 고기를 잡던 체는 까마득히 잊어버리고 주전자만 들고 집으로 돌아왔다. 놀던 곳에 다시 가니 이미 없어진 다음이었다. 그날 저녁 내내 집 안에서 놀림감이 되었다. 저녁식사 때 할아버지께서 이런 말씀을 하셨다.

"옛말에 득어망전(得魚忘筌)이란 말이 있다. 고기를 잡고 나면 통발을 잃어버린다더니 오늘 네가 꼭 그 띠를 했구나. 그게 고기를 잡으러 가던 길이었으면 잊지 않고 잘 챙겼을 텐데 고기를 다 잡고 난 다음 집으로 돌아오는 길이니 잃어버린 게지."

그게 나처럼 그냥 물건을 잃어버렸을 때 쓰는 말이 아니라 일단 어떤 목적을 이루고 나면 그동안 옆에서 애쓴 사람들의 은혜를 감사하게 여기기는커녕 자신이 그런 도움과 은혜를 받았다는 것조차 까마득히 잊고 있는 것을 말한다고 했다.

그러고 보면 우리야말로 한세상 살아가며 너무나 많은 통발을 자주, 그리고 쉽게 잊고 있는 것은 아닌지 모르겠다.

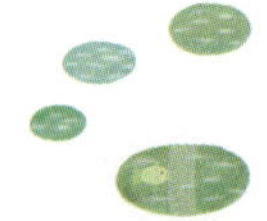

갓길로 달려온 당신

추석날 강릉에서 서울로 올라올 때의 일이다. 강릉에서 원주까지는 한 시간 반쯤 쉽게 왔다. 거기에서부터 용인까지 평소 같으면 한 시간도 걸리지 않을 거리를 여섯 시간 반 동안 갇혀 있었다.

자동차 뒷자리에 앉은 아들이 연신 친구와 문자 메시지를 주고받고 있었다. 그 친구는 해남에서 서해안 고속도로를 타고 올라오는 길이라고 했다. "너희 아빠는 갓길로 안 가니?" "안 가. 너희 아빠는?" "우리 아빠도 안 가." 아이들이 서로 그런 문자를 주고받는 건 아이들 눈에도 갓길로 달리는 자동차들이 그만큼 많다는 뜻일 것이다.

길이 밀리는 가운데 참으로 많은 자동차들이 갓길로 달려 오다가 내 앞으로 끼어들곤 했다. 평소 세 시간 반이면 오는 길을 아홉 시간 반 걸려서 왔다. 아이의 친구는 열다섯 시간 걸려 다음 날 아침에야 도착했다고 한다. 그 아이가 우리 아이에게 보낸 문자 중엔 이런 말도 있었다.

"갓길 없앴으면 좋겠어. 야비한 사람들 때문에 착한 사람들이 손해 보는 길 같아." 나는 이런 일이 마음 아프다. 그 차에도 아이가 타고 있었을 텐데, 우리는 아이들에게 가르쳐줘선 안 될 걸 너무 쉽게 가르쳐준다.

어느 회사에나 꼭 있는 사람

어느 회사나 한 명씩은 꼭 이런 사람이 있다. 그는 자기보다 잘나고 능력 있는 부하를 못 봐주는 스타일이다. 어느 정도냐 하면 자신의 의견에 순순히 따르는 부하에 대해서는 능력에 관계없이 잘 봐주고 직무평가도 좋은데, 반론을 제기하는 부하에 대해서는 '반항적이다' '젊은 사람이 고분고분하지 않다' 하는 식으로 나쁜 평가를 내린다.

사무실에서 노골적으로 '아부를 잘하는 것도 업무 능력의 하나이다' 라고 큰소리치기를 꺼리지 않는다.

월요일 아침마다 있는 부서장 회의 때도 부하가 발안한 제안을 회의에서 발표하여 경영진으로부터 좋은 평가를 받으면 그것이 마치 자신의 독창적인 생각과 연구인 것처럼 으스대다가 부정적인 평이 내리면 '실은 저도 상무님과 같은 생각인데, 우리 부서의 누가 그걸 꼭 제안해달라고 부탁을 해서……' 하고 자신은 한발 뒤로 물러선다.

게다가 남들은 아무도 그렇게 생각해주지 않는데 스스로는 고질적인 엘리트 의식까지 갖추고 있다. 사람들은 웬만해서는 그 사람 앞에서 자신의 의견을 말하지 않는다. 그의 잘못을 지적해주는 일 같은 건 더더욱 하지 않는다.

그러다 아주 썩 나중에 회사를 그만둘 때에야 자신이 친구 하나 없이 참 외롭게 사회생활을 했다는 것을 알게 되는 것이다.

일 년쯤 담배를 끊은 다음 알게 된 것들

하루 두 갑 반의 담배를 피웠다. 그런데 일 년쯤 담배를 끊어보니 알겠다. 금연은 절대 의지를 강약에 따라 성공하고 실패하는 게 아닌 것 같다. 그 사람 몸이 체질적으로 금단 현상을 심하게 겪느냐 아니냐로 초기의 성공과 실패로 나뉘고, 이후에도 몸이 계속 흡연의 유혹을 강하게 느끼느냐 아니냐의 차이인 것 같다. 내가 끊은 건 체질적으로 금단이 덜했고, 이후에도 몸의 유혹이 강하지 않았기 때문이다.

끊고 나서 돌아봐도 그는 지난 시절 순간순간 내가 겪고 느꼈던 고독의 친구이자, 분노의 위로자인 동시에 불화의 조정자였고, 창조적 상상력의 기쁜 동반자였다. 사람에게 받은 위로와 기쁨만큼 그에게서 받은 위로와 기쁨도 컸던 것 같다. 그를 참으로 사랑했다.

세상의 금연주의자들아. 돌아서서 담배를 욕하지 마라. 그리고 흡연주의자의 '아직'을 뭐라고 말하지 마라. 뒤늦게 전향한 자들의 강퍅함처럼 얼마 전까지 친구보다 가깝게 여기던 담배를 욕하는 당신의 태도를 나는 인간적으로 신뢰할 수 없다. 저 사람은 평소 인간관계에서도 돌아서면 저런 태도를 보이겠구나 싶어 무서운 생각이 들 때도 있다.

아주 짜증나는 형의 인간

아침을 지배하는 사람이 하루를 지배하고, 하루를 지배하는 사람이 인생을 지배한다고? 성공적인 삶, 행복한 삶을 위한 아침형 인간으로의 변화를 제안하는 책이라고?

웃기지 마라. 그런 쪽으로의 아름다운 경구는 중·고등학교 시절 듣고 또 들었던 '아침에 일찍 일어난 새가 더 많은 벌레를 잡는다'는 금언 하나만으로도 족하다.

결론은 아침에 일찍 일어나 하루를 부지런하게 보내라는 얘기인데, 예전의 삶에 비해 우리는 이미 지나치다 싶을 만큼, 아니 이 이상 더 부지런할 수 없다 싶을 만큼 그야말로 부지런한 삶을 살고 있지 않은가.

정말 인간다운 삶과 여유로운 삶은 아침이 각박하지 않다. 삶이 각박할수록 당장 아침이 각박하며, 지배적 위치에 있는 사람이 아랫사람을 혹독하게 대하는 방식의 첫 징조가 부지런함을 내세워 그의 아침을 각박하게 만드는 것이다.

부지런함은 어느 시대에나 따뜻한 격려로 권면되어야 할 사항이지 저처럼 이데올로기화되면 그것 자체로 정신적 압박이며 이 시대의 또 다른 '천리마 운동'이며 '천 삽 뜨고 허리 펴기 운동'에 다름 아닌 것이다. 말로만 그렇지 실제로는 밤에 깨어나 그 책을 쓰고 만들었을 인간들아.

길에서 당신의 아내를 외롭게 하지 마라

예전엔 면허를 따고도 운전을 하지 않는 것에 대해 크게 불편함을 느끼지 못했는데, 얼마 전부터 그녀는 맹렬하게 운전의 필요성을 느꼈다. 그래서 새로 운전학원의 강사를 통해 보름 가까이 시내 연수를 받았다.

이제 혼자 자동차를 끌고 나온 지 열흘쯤 된다. 아마 이 열흘 동안 그녀는 이 세상에 태어나 들어야 할 욕이란 욕은 모두 길거리에서 들은 듯했다. 그것도 잘 알지 못하는 사람, 그날 처음 서로 다른 자동차 안에서 창문을 열고 만난 사람들에게서였다. 입에 담기 어려운 욕설도 많았다.

그런데 이상하게 그런 욕설을 들을 때마다 그녀는 분하다는 생각보다 외롭다는 생각을 더 많이 하게 되었다. 아, 나는 왜 이렇게 외로울까. 왜 이렇게 외롭게 길 위에서 알지도 못하는 사람들로부터 이런 욕을 들어야 하는 걸까. 그녀는 또 생각했다. 내 남편도 밖에 나가서 이렇게 길 위에서 다른 여자들에게 욕을 할까. 저렇게 비상등까지 켜대며 위협적으로 밀고 들어올까.

세상 사람들아. 길 위에서 욕하지 말자. 당신이 뱉은 욕들이 모두 당신의 아내, 당신의 애인에게 돌아간다. 당신이 욕을 할 때마다 당신의 아내나 애인이 길 위에서 외로움을 느낀다.

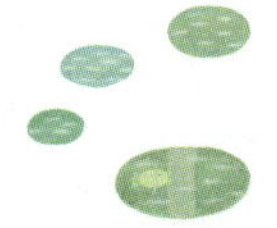

왜 모두들 말을 거칠게 할까

이제 중3 올라가는 아들의 입이 많이 거칠어졌다. 친구들과 전화를 할 때 보면 '박살낸다', '작살낸다' 하는 말들을 아무렇지도 않게 내뱉는다. 인터넷 게임에서 친구를 이겨도 그것은 그냥 이긴 것이 아니라 '아주 박살을 내놓은 것'이라고 표현해야 직성이 풀리는지 말끝마다 박살, 박살 하는 것이다.

무슨 말을 그렇게 험하게 하느냐고 지적하면 "친구들도 다 그래요" 하고 대답한다. 하긴 아이들의 입만 탓할 일도 아니다.

매일매일 신문의 스포츠 면을 살펴보라. 여러 운동경기 소식을 통해 일상의 활력과 기쁨을 전해주는 스포츠면 기사들이 스포츠 용어보다는 거의 전투적 용어로 채워져 있지 않은가. 축구든 야구든 농구든 '폭격', '격침', '초토화', '침몰시켜'와 같은 전투 용어들을 아무렇지도 않게 제목으로 뽑아 독자들의 시선을 자극한다. 제목만 본다면 스포츠 기사가 아니라 전쟁 기사들이다.

아이들뿐만 아니라 우리 모두 자신도 모르게 험한 말들에 길들여왔고, 또 중독되어 온 것이다. '어느 팀이 어느 팀을 이겨'와 같은 말은 너무나 심심하여 기사 제목으로는 도저히 쓸 수 없는 언어의 인플레, 혹은 언어의 자극화 시대 속에 살고 있는 것이다.

서열에 대한 개들의 착각

집에 개를 키워보면 사람과 개가 닮은 점이 참 많다는 걸 알게 된다. 사람만 상상임신을 하는 것이 아니라 개도 상상임신을 한다. 바람난 개는 인형이나 작은 베개를 물고 침대 밑이고 책상 밑이고 장롱 속을 수시로 파고든다.

게다가 개는 천성이 사회적이어서 서열 따지기를 사람보다 더 좋아한다. 어느 집이나 개의 서열은 그 집에서 제일 밑이다. 그러나 부부만 사는 집이 아닌 다음엔 어느 집 개도 자신의 서열을 제일 끝에 두지 않는다. 이른바 서열 파괴와 서열 착각이 동시에 이루어지는 것이다.

왜 그런 착각을 하게 될까? 개는 그 집의 대장에 대해 정말 개처럼 충성을 다한다. 그러면서 대장으로부터 받는 귀여움과 보호를 남다른 총애로 여긴다. 그 집 아들보다 자신이 더 총애를 받는 줄 여기게 되고, 여기에서 바로 자기 서열에 대해 착각을 하게 되는 것이다.

사람들의 사회라고 다를 게 무엇이겠는가. 권력자와 조금이라도 친분을 유지하게 되면 자신이야말로 측근 중의 최측근이며, 그간의 모든 공이 다 제 손안에서 나온 줄 알게 되는 것이다. 언론에 가끔 등장하는, 자칭 '대통령의 측근들' 의 행태가 내 눈엔 그렇게 보인다.

놀고먹는 벌도 조직에 기여한다

한 벌통에 백 마리의 꿀벌이 있다면 그중 스무 마리만 열심히 꿀을 따온다. 예순 마리는 일을 하는 것도 아니고 열심히 하는 것도 아니게 대충대충 꿀을 따온다. 그리고 나머지 스무 마리는 제대로 꿀 한번 따오는 적이 없이 말 그대로 놀고먹는다.

열심히 일하는 벌도 화가 나겠지만 벌통 주인 입장에서도 여간 화가 나는 게 아니다. 그래서 놀고먹는 벌 스무 마리를 쫓아버리거나 죽여버리면 어떤 일이 생겨날까?

그렇게 되면 여든 마리 중 열여섯 마리만 열심히 꿀을 따오고, 마흔여덟 마리는 대충대충 꿀을 따오고, 다시 열여섯 마리는 놀고먹는다.

　얼핏 생각하기엔 열심히 일하는 벌 네 마리만 줄어든 것 같지만, 벌통 주인 입장에서 보면 계산이 그렇게 단순하지가 않다. 꿀의 양이 백 마리가 겨우내 먹을 양에서 여든 마리가 먹을 양으로 줄어드는 것이다. 어떤 벌을 없애든 그가 없앤 건 꿀 따는 벌 스무 마리인 것이다.

　놀고먹는 벌 스무마리도 이렇게 조직에 기여하고, 생산에 기여한다. 사람들의 세상살이 역시 마찬가지다. 역사상 인구가 적은 강국은 없었다.

새집을 부수는 사람들

내가 잘 아는 사람 중에 탕보이라는 인도인이 있다. 우리 나라에서 아이까지 낳은 그는 '값이 아주 싸면서도 좋은 물건을 파는 가게'를 한국 사람들보다 더 잘 알고 있다. 3만 원짜리 스쿠터를 타고 다니며, 시장에 나온 지 칠 년이 되었으나 팔리지 않고 대형 슈퍼 구석에 처박혀 있던 한 리어카 분량의 아기 기저귀를 단돈 3천 원에 사오기도 하고, 같은 방식으로 아기 목욕통을 2천 원에 사오기도 한다.

그가 가장 이해하지 못하는 건 아직 멀쩡한 가구들이 아파트 단지에 쓰레기처럼 버려지는 일이다. 특히 지금 막 지어 입주하는 새 아파트 광장에 뜯겨 나와 쌓여 있는 도배지와 바닥장식재, 새 문갑들을 보고 그는 사람들이 새집을 부순다고 말했다.

그는 한국에 대해 좋은 인상도 많지만 '새집을 부수는 모습'은 이다음 어디에 가서 살더라도 쉽게 잊을 수 없을 것 같다고 말한다. 그도 젊을 때부터 많이 돌아다닌 사람인데 새집을 부수는 건 한국에서밖에 보지 못했다고 한다. 가난하게 살다가 갑자기 돈이 많아지면 그런다는 말도 했는데, 그 말에 나는 조금 부끄러웠다.

나는 아무 말도 하지 못했다.

세일이 아저씨의 선거

세일이 아저씨는 내 소설 〈그가 걸음을 멈추었을 때〉에 나오는 소몰이꾼 아저씨다. 사지 육신 가운데 오른쪽 팔만 멀쩡할 뿐 두 다리와 왼쪽 팔이 불구인데도 젊은 시절 강릉에서 대관령 너머로 소를 끌고 다니셨다. 사람이 착하고 용해서 늘 다른 사람에게 이용을 당했다. 그건 선거 때에도 마찬가지였다.

어느 해엔가 이 아저씨가 나에게 넌지시 이렇게 물었다. "선거할 때 거기에서 내주는 종이에 빈 칸이 여러 개 죽 있잖아. 그중 아무 칸에 하나만 도장 찍으면 되는 거지?" 나는 그렇다고 대답했다.

"그런 걸 저 아랫동네 진호는 첫 번째 칸에만 찍어야 한다고 그러잖아. 다른 데서 얻어먹은 게 있더라도 찍는 건 거기 첫 번째 칸에 찍어야 먹은 게 탈이 없다고."

예전에 그 아저씨의 표는 거의 그렇게 1번이 가져갔다. 수건 한 장이거나 술 몇 잔으로 중간에 그것을 가로채 간 사람들 역시 무슨무슨 지도자거나 무슨무슨 후계자 하는 식으로 동네를 위해 애쓰던 사람들이었다. 실은 이들도 자신들이 이용당하는 줄 모르고, 그래야 시멘트 몇 포대라도 더 나와 동네가 발전하는 줄 알았던 것이다.

아내는 정말 아무것도 하지 않는가

누구나 가끔 그런 질문을 받는다. 그러면 부인께선 무얼 하십니까? 이것은 남편만 받는 질문이 아니다. 아내 본인도 그런 질문을 받을 때가 많다. 직장이 있는 아내라면 직장을, 부업을 하는 아내라면 그 부업에 대해서 말한다. 그러나 그렇지 않을 경우 우리는 너무나 쉽게 이렇게 대답해버린다.

"아무것도 하지 않습니다."

남편도 그렇게 말하고 아내도 그렇게 말한다. 정말 아내는 집에서 아무것도 하지 않는가. 십수 년째 아내와 함께 집에 있는 나는 아내가 하루 종일 집에서 얼마나 많은 일을 하는

지 누구보다 잘 알고 있다. 그런데도 밖에 나가 돈을 벌지 않으면 집에서 저 많은 일을 하면서도 '아무것도 하지 않는' 사람처럼 주눅 든 얼굴로 그렇게 대답해야 하는 세상이 되고 말았다. 언제부터 이렇게 직접 나서서 돈을 벌지 않는 일은 다 '아무것도 하지 않은 것'이 되어버렸을까.

"아니, 무슨 배짱으로 집에만 있는데?"

어쩌다 가사노동이 이런 농담을 가장한 폭력적인 말까지 들어야 하는 세상이 되어버렸는지 모르겠다. 세상이 각박해지면 진정 귀한 것들이 이렇게 함부로 대접을 받는다. 돈으로 살 수 없는 것들이 돈에 눌리는 것이다.

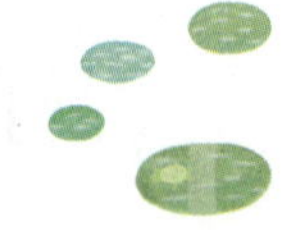

전보가 사라졌다

할머니가 돌아가신 건 소년이 열 살 되던 해 겨울의 일이었다.

"서울 딸에게 알려야지."

어른들이 말했고, 소년은 천 리 밖 서울에 있는 고모에게 그것을 어떻게 알리나 궁금했다. 친척 아저씨가 시내 우체국에 나가 전보를 쳤다. 연락을 받은 고모는 다음 날 저녁 시골집에 도착했다.

어른들은 세상이 참 빨라졌다고 말했다. 소년에게도 전보라는 것이 참으로 인상적이었다.

그러나 그로부터 이십 년 지난 다음 그때의 소년이 자라서
소설가가 되었을 때, 그는 자신의 소설 속에 '전보'라는 말을
단 한 번도 쓰지 못했다. 억지로라도 '전보'라는 말을 쓰고
싶어서 썼다가 지운 문장이 '그는 군에서 할아버지가 돌아가
셨다는 전보를 받았다'였다. 그렇게 말고는 전보를 보낼 일
도 받을 일도 없는 세상이 되어버린 것이다.

한때 세상에서 가장 빠른 기별이었던 그것은 이제 원래의
사명이었던 '다급함'과 '빠름'을 버리고 자신이 챙겨야 할
사람들의 이런저런 기념식에 일일이 참가할 수 없는 바쁘고
도 높은 사람들이 자기 몸 대신 그 자리를 빛내게 하는, 의례
적이면서도 고전적인 방식의 축전으로만 쓰일 뿐이다.

먹고사는 일의 변화

300년 전에 태어나신 할아버지도 150년 전에 태어나신 할아버지도 태어나서 돌아가실 때까지 나무를 때어 지은 솥의 밥을 드셨다. 먹고사는 일만 따진다면 이 방식은 수천 년 동안 변하지 않고 내려왔다.

어린 시절 나도 저 할아버지들처럼 나무를 땐 솥의 밥을 먹었다. 그러다 연탄을 땐 솥의 밥을 먹었으며, 때로는 석유를 때어 지은 밥을 먹기도 하고, 지금은 거의 가스나 전기로 밥을 지어 먹는다.

저 할아버지들은 태어나서 돌아가실 때까지 오직 붓으로

만 글을 썼다. 그 방식 또한 종이가 발명된 이래 큰 변화 없이 지금까지 내려왔다. 불과 이십 년 전, 나도 원고지 위에 한 자 한 자 펜으로 글씨를 썼다. 필기구만 좀 다를 뿐 저 할아버지의 방식 그대로 글을 썼던 것이다. 그러다 잠시 타자기를 사용하다가 어느 시기부턴가 모든 원고를 컴퓨터로 쓰고 있다.

밥과 일. 두 가지 모두에 적응을 잘하고 있어 그것을 급격한 변화로 여기지 않고 있을 뿐 사실 인류의 문화사로 본다면 우리가 매일매일 사는 일 자체가 급격한 변화 한가운데인 것이다.

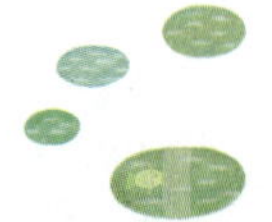

아날로그와 디지털

어린 날 아버지에게 참 많은 걸 물으며 자랐다. 마을 앞 섶다리를 건너다가도 그 아래 물을 바라보며 이렇게 묻기도 했다.

"아버지, 왜 고기는 작은 것들만 바깥에 나와서 놀고 큰 놈들은 숨어 있어요."

"노는 건 사람도 고기도 다 애들 몫이지. 어른이 밖에 나와서 노는 것 봤냐? 다 집 안에서 일하거나 논밭에서 일하지."

때로는 이렇게 말도 안 되는 대답을 듣기도 하지만, 아침 노을이 비치면 왜 오후에 비가 오고 저녁노을이 비치면 다음 날 아침이 맑은지, 장작을 팰 때 도끼로 그 나무 어디쯤을 내리쳐야 단번에 쪽 갈라지는지, 예전엔 그렇게 일상생활의 모든 지식과 일을 어른에게 배웠다. 고장 난 기계도 아버지가 고쳤다.

그러던 것이 요즘은 세상이 바뀌어 오히려 어른들이 아이에게 묻고 배우는 것이 더 많다. 휴대폰의 문자 메시지는 어떻게 보내는 것인지 배워도 그때뿐 늘 잊어버리고 만다. 컴퓨터에 웜바이러스라도 들어오면 어떻게 할 줄 몰라 아이가 학교에서 돌아올 때까지 손놓고 기다린다.

돈을 벌어오는 일 말고는, 서로 필요에 의해 아이가 어른을 찾는 일보다 어른이 아이를 찾는 일이 더 많아졌다. 그것이 바로 디지털 시대인 것이다.

나는 새 휴대폰이 더 불편하다

앞에서 아날로그와 디지털 세대의 구분에 대해 말했다. 예전에는 아이들이 어른들로부터 이 세상에 유용한 지식들을 하나하나 배워나갔다. 그런데 지금은 일상생활에서 오히려 어른들이 아이들에게 묻는 것이 더 많아졌다. 애야, 이건 어떻게 하는 거니? 또 저것은 어떻게 하는 거니? 그런데 왜 네가 하면 잘 되고 내가 하면 안 되니? 하고.

휴대폰을 바꾸었다. 먼저 쓰던 것은 칠 년 전에 산 물건이라 오직 전화를 걸거나 받을 수만 있는, 거기에 메시지 녹음 기능 하나가 더 추가되어 있을 뿐이었다. 아이들 말대로 냉장고 절반만 한 그것을 쓰면서 나는 아무 불편을 느끼지 못했다.

불편은 오히려 새로 산 휴대폰에 대해서 느낀다. 기능이 너무 다양해 전화를 걸고 받는 기본 기능에 대해서조차 헷갈릴 정도다. 사용 설명서를 아무리 들여다봐도 모르겠다. 그런데 아이들은 물건만 보고도 그걸 바로 알아버린다.

아이들은 기능을 알면 여러 가지로 편리하다는데, 문제는 그 많은 기능을 다 배운다 해도 실생활에서 내가 사용할 수 있는 것은 예전과 마찬가지로 여전히 전화를 걸고 받는 것뿐이라는 것이다.

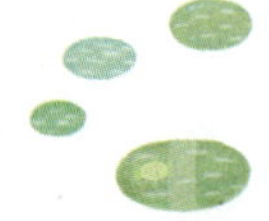

아직 신을 만한 신발들

이사를 할 때처럼 집주인의 성격이 잘 나타나는 때도 없다. 어떤 물건이든 아까워 쉽게 버리지 못하는 사람은 이사할 때마다 식구들의 신지도 않는 신발을 커다란 쌀자루에 담아 다닌다.

버리지 않는 이유는 아직 신을 만해서다. 그래서 그 집 식구들마다 지금 신고 있는 몇 개의 신발과 다시는 신지 않을, 아직 신을 만한 신발을 몇 개씩 가지고 있다.

어느 집이나 현관 한쪽 옆에 놓인 신발장이 그렇게 크지 않다. 새집으로 이사를 해서도 쌀자루 속의 신발을 신발장에 넣지 못하고 자루째 다용도실 한구석에 보관하다가 다음 이사 때 다시 신주처럼 끌고 다닌다.

"이제 이거 좀 버리지."

식구 중 누가 그렇게 말하면 그 집 주부는 단호하게 안 된다고 말한다. 그것은 아직 신을 만한 신발이고, 이제까지 그런 태도로 자신의 알뜰함을 증명해왔던 것이다.

그 신발들이 언제 버려질지는 아무도 모른다. '아직 신을 만한' 상태에서 더 이상 신지 않고 그냥 보관해오기만 한 그 신발들은 언제 다시 꺼내봐도 버리기엔 너무나 아까운 '아직 신을 만한' 상태이기 때문이다.

그건 다른 물건들도 마찬가지여서 그 집은 언제나 아직 쓸 만한 물건들 꽉 찬 생활의 박물관을 이루고 있는 것이다.

사라져가는 간이역에서

고속철 시대다. 부산에서 두 시간 반이면 서울에 도착한다. 이제 지상에서 달리는 것 중에서 가장 빠른 것이 기차다. 한 달 내내 이용하기가 비싸서 그렇지 대전쯤이면 서울로, 혹은 부산으로 출퇴근하지 못할 것도 없다.

중·고등학교 때 아침마다 기차를 타고 강릉으로 학교를 다니는 아이들이 있었다. 멀리서는 북평, 묵호에서 오고, 가깝게는 안인, 정동진에서 왔다. 정동진은 한때 은성하던 탄광지대여서 다른 곳보다 통학생이 많았다. 학교마다 통학반장이 있었고, 선후배 사이에 기차 안에서의 규율도 제법 엄격했다.

　그때 강릉과 정동진 사이에 '시동'이라는 작은 역이 있었는데, 말 그대로 간이역이었다. 작아서만 간이역이 아니라 오고 가는 기차가 서로 비켜 지나갈 교행선도 없이 외길 기찻길 옆에 임시 역사를 세워놓고 표를 끊어주던 역무원 한 사람만 근무하던 간이역이었다.

　효율과 실질을 앞세워 수인선의 협궤열차도 없어지고, 그런 간이역도 없어지고 그 위를 달리는 것은 오직 빠른 기차뿐인 세상이 되었다. 역마다 서던 비둘기호가 없어지고 통일호가 없어지고, 이제 그 시절에 대한 우리의 추억은 어느 간이역, 어느 대합실에 가면 다시 마주할 수 있을까.

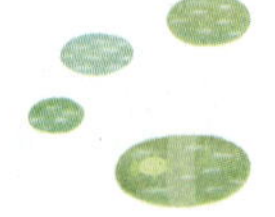

사랑에 목숨 거는 사람들

소설 속에는 사랑에 목숨을 거는 남녀들의 애기가 많이 나온다. 로미오와 줄리엣도 사랑에 목숨을 건다. 대개 그들은 부모의 반대에 목숨을 버리는 것으로 자신들의 사랑을 완성한다. 그래서 더욱 애절해 보이고 그 애절함으로 명작의 이름을 얻는다.

그러나 현실에서는 꼭 그런 순정한 사랑에만 목숨을 걸지 않는 모양이다. 두 남녀가 사귄 지 일 년이 지났다. 여자가 이제 그만 헤어지자고 말한다. 받아들일 수 없는 남자는 자기 몸에 휘발유를 끼얹고 불을 지른다. 그 남자의 마음이 로

미오와 비교하여 부족할 게 어디 있겠는가. 이토록 목숨을 걸고 사랑한다는데.

　사랑 때문에 불을 지르고, 사랑 때문에 칼부림하고, 사랑 때문에 찾아가 복수하고, 사랑 때문에 몸을 던지고, 신문을 보면 도처에 그런 사랑 천지다. 저마다 사연을 풀어내면 또 다른 느낌일지 모르나 짧은 기사로 읽는 극단적인 사랑은 우리를 부담스럽게 한다.

　어쩌면 그게 소설과 기사의 차이일지 모르겠다. 로미오와 줄리엣의 이야기도 그것이 신문에만 짧게 한 줄 났다면 우리는 어린 그들의 철없음을 나무라기부터 했을 것이다. 왜냐하면 현실 속의 사랑은 어떤 경우에도 책 속의 사랑만큼 아름답지 않기 때문이다.

시간의 여러 표현들

서부영화에서 마을에 한 악당이 나타나 동네를 완전히 뒤집어놓고 떠난다. 그때 보안관은 이웃 읍내로 볼일을 보러 갔다. 돌아와 보니 사상자도 몇 발생하고 마을이 아주 쑥밭이 되어 있었다. 그래서 목격자 소년에게 묻는다.

"그래. 그 시간이 얼마만큼 걸렸는데?"

"많이 걸리지는 않았어요. 주기도문을 외는 시간만큼요."

그러면 보안관은 보안관 나름대로 그 악당이 마을에 출몰해 얼마나 빠른 시간 안에 작폐를 저지르고 떠났는가를 짐작한다. 아마 그것은 중국 무협영화에서 말하는 '차 한 잔 마실

시간'보다 더 짧은 시간일 게 분명하다.

내가 어릴 때 들은 우리 동네의 시간으로 '꼴 한 짐 벨 동안'이라는 것이 있었다. '그동안이면 꼴 한 짐 베었겠다'거나 '꼴 한 짐 벨 시간을 못 내서' 등에 사용하는 말이다. 지금 생각하니 대략 한 시간쯤을 이르는 말 같다.

서양에서는 한때 '소 한 마리 젖 짜는 시간'이라는 말을 많이 썼다는데, 이것은 또 '주기도문을 외는 시간'과 비교하여 어떤지 모르겠다. '빵이 구워지는 시간'과 '밥이 뜸 드는 시간'이 다르듯, 지역마다 문화마다 시간의 표현도 이렇게 달랐다.

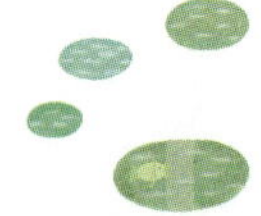

숫자에 대한 강박증

그는 밖에 나갔다가 집으로 들어올 때면 동 출입구에서 여섯 자리의 비밀번호를 누른다. 자기 집 현관문 역시 또 다른 여섯 자리의 비밀번호를 눌러야 안으로 들어갈 수 있다.

원고를 보내기 위해 인터넷에 접속할 때에도 문자와 숫자로 조합된 여덟 자리의 아이디와 또 여덟 자리의 비밀번호를 입력해야 한다. 원고 뒤엔 열세 자리의 주민등록번호와 다시 열두 자리의 은행 계좌번호를 적는다. 거기에 현금카드 비밀번호라는 것도 있다.

그가 기본적으로 외우고 있어야 할 전화번호도 여러 개다.

아내도 아이도 따로 전화를 가지고 있다. 양가 부모님이 있고 수시로 안부를 물어야 하는 형제만도 다섯이다. 삼 년 된 자동차 번호는, 그건 번호를 몰라도 탈 수 있으니 아직 긴가민가하다.

얼마 전 누가 그에게 휴대폰을 바꾸라고 했다. 그는 이젠 정말 새로운 번호를 외울 수 없다고 제발 나 좀 살려달라고 했다.

세상 사는 게 온통 숫자와의 싸움이다. 처음엔 편하자고 시작했을 텐데 어느 결에 그것들이 우리 삶을 가두는 감옥이 되고 말았다.

활자의 엄숙함

지금은 컴퓨터에 글을 쓰고, 그것을 인쇄하면 마치 책 속에 쓰여 있는 것과 똑같은 모양으로 글자들이 인쇄된다. 그러나 예전에는 이런 것을 꿈도 꿀 수 없었다.

고등학교 시절 내가 쓴 몇 편의 산문을 모아 얇더라도 책한 권 만들고 싶었다. 그래서 시내 문구사에서 등사 용지를 사고, 그 등사 용지에 글씨를 쓰는 철필과 철판은 선생님의 것을 빌렸다. 그때는 학교 시험도 선생님들이 등사 용지에 철필로 긁어, 그리고 그걸 다시 검은 잉크의 등사기로 밀어 시험지를 만들었을 정도로 인쇄물이 귀했다.

그 시절, 내 옆에 앉은 친구는 시를 썼다. 그 친구가 공책에 쓴 시를 보여줄 땐 그저 그랬다. 그런데 한 학년이 끝나면서 받은 교지에 실린 그 친구의 시가 갑자기 세계의 명시처럼 보이는 것이었다. 전의 것과 글자 하나 다르지 않은데도 그랬다.

뒤늦게야 그것이 책과 활자의 엄숙함 때문인 것을 알았다. 똑같은 글도 그것이 공책에 쓰여 있을 때와 책에 반듯하게 활자의 옷을 입고 있을 때 읽는 느낌이 다르다. 세월이 좋아져 집집마다 있는 컴퓨터와 프린터가 아무리 예쁘게 인쇄를 해내도 책 속의 활자는 여전히 엄숙하기만 하다.

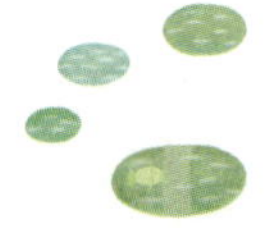

신춘문예의 모든 것

올해도 어김없이 신춘문예의 계절이 돌아왔다. 수백, 수천 편의 작품을 쌓아놓고, 그 가운데 오직 한 작품만을 골라 상을 주고 등단시키는 일은 가혹하다.

심사자는 처음엔 그런 제도의 가혹함에 대해 난감해하다가 이내 글 읽기의 속도를 붙여가며 자신의 안목을 충족시켜주지 못하고 밀려나는 대부분의 작품에 대해 투덜거린다. 응모자가 심사자에게 욕을 먹는 짧은 한순간들이 지나가는 것이다.

그런 과정을 거쳐 심사가 끝나면 이번엔 전국의 응모자들이 신문에 실린 당선작과 심사평을 읽으며 그 심사의 공정성을 심사한다. 그러나 어떤 경우에도 공정한 심사란 없다. 왜냐하면 정치판에서 어떤 선거든 자신이 당선된 선거만이 공명선거이듯, 문학판의 일 역시 자신의 작품이 낙선된 심사는 어느 경우에도 심정적으로 공정하다고 말할 수 없기 때문이다.

그래서 당선자를 제외한 모든 응모자들이 이번 심사의 공정하지 않음에 열받으며, 또 내년엔 꼭 자신의 작품이 당선되는 공정한 심사가 이루어지길 기대하며 매년 그렇게 열병처럼 신춘문예에 응모하는 것이다. 그런데 마음으로 결코 승복할 수 없는 그 불공정성의 시비야말로 문학을 향한 아름다운 열정과 아름다운 투지들이 아니겠는가.

은빛 낚시

ⓒ 이순원, 2005

초판 1쇄 인쇄일 | 2005년 3월 5일
초판 1쇄 발행일 | 2005년 3월10일

지은이 | 이순원
펴낸이 | 김현주
펴낸곳 | 이룸

편 집 | 김미정
디자인 | 김경미

출판등록 | 1997년 10월 30일 제10−1502호
주소 | 121−210 서울시 마포구 서교동 395−172 상록빌딩 2층
전화 | 편집부 (02)324−2347, 영업부 (02)2648−7224
팩스 | 편집부 (02)324−2348, 영업부 (02)2654−7696
e−mail | erum9@hanmail.net
Home page | http://www.erumbooks.com

ISBN 89−5707−137−7 (03810)

값 11,700원

● 잘못된 책은 교환해 드립니다.
● 저자와의 협의하에 인지는 붙이지 않습니다.